O SOL DEPOIS
DA CHUVA
Romance

Gabriel Chalita

O SOL DEPOIS DA CHUVA

Romance

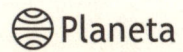

Planeta

Copyright da primeira edição © Gabriel Chalita, 2007
Copyright desta edição © Gabriel Chalita, 2011

Revisão: Tulio Kawata
Diagramação: SGuerra Design
Imagem da capa: Hammamet with mosque (1914), de Paul Klee

Dados Internacionais de Catalogação na Publicação (CIP)
(Câmara Brasileira do Livro, SP, Brasil)

Chalita, Gabriel
   O sol depois da chuva / Gabriel Chalita. -- São Paulo : Editora Planeta do Brasil, 2011.

   ISBN 978-85-7665-674-6

   1. Ficção brasileira I. Título.

11-07964   CDD-869.93

Índice para catálogo sistemático:
1. Ficção : Literatura brasileira 869.93

2011
Todos os direitos desta edição reservados à
Editora Planeta do Brasil Ltda.
Avenida Francisco Matarazzo, 1500 – 3º andar – conj. 32B
Edifício New York
05001-100 – São Paulo – SP
www.editoraplaneta.com.br
vendas@editoraplaneta.com.br

Para
Edna,
Ivane e
Maria de Lourdes.

Nenhum gesto de gentileza,
por menor que seja, é perdido.

Esopo

Palavras iniciais

Cada livro nasce de um jeito. Todos, entretanto, surgem de inquietações. É a inquietação que nos leva a querer dizer alguma coisa ou, talvez, a mudar alguma coisa. Ao iniciar este livro, eu buscava respostas para esta pergunta: quando o ser humano perde a capacidade de ser gentil?

Há muitas respostas possíveis.

Em primeiro lugar, quando ele se permite ser transformado em uma ilha. Uma pessoa isolada, que não compartilha a dor nem se extasia com a ventura de seu semelhante, não doma as próprias reações negativas nem extravasa as próprias alegrias. Metaforicamente, é preciso haver uma conexão entre a ilha e o continente, nem que seja por meio de uma simples canoa.

Mas é preciso aprender a conduzir a canoa. No mar, essa imensidão líquida e movediça, há muitas vidas, de muitas formas, em constante e inexorável interação. Uma vida alimenta outra, aquece outra, depende de outra. Algumas agem de modo mais agressivo; outras se agregam, em simbiose. Nesse efervescente laboratório vital que é o mar, a canoa singra apenas a superfície, e o canoeiro nem sempre está ciente das várias existências pelas quais navega. Um canoeiro que não foi bem-educado conduzirá mal a canoa. Uma embarcação malconduzida desvia-se do rumo, encalha em recifes, soçobra, naufraga.

Nascemos conectados a outra pessoa, por uma ponte que nos une ao mundo: o cordão umbilical. Portanto, erra quem afirma que nascemos sozinhos. Nada disso. Antes de nascer, já somos parte de outra pessoa e, por meio dela, estamos ligados ao mundo. E, assim, seremos pela vida inteira. Pelo mar da vida. O escritor português José Saramago diz, em uma das belas passagens de *O conto da ilha desconhecida*, que é preciso sair da ilha para vê-la. Tem razão. O distanciamento permite a visão em perspectiva.

Viver em grupo demanda o que os mais velhos chamavam de boa vontade. Prefiro chamar isso de gentileza. Uma qualidade do espírito refinado pela educação. Uma qualidade baseada no mais primário dos valores: o respeito.

A gentileza tem muitos nomes. Generosidade, simpatia, compaixão, amabilidade, acolhimento, tolerância, renúncia, compreensão, entendimento, solidariedade, cumplicidade, ternura, humildade, confiança, reconhecimento, bondade, companheirismo, aconchego, aceitação. Nomes adaptados a situações diferentes, que demandam respostas em diferentes graus de intensidade. É preciso reagir a desenganos, a decepções, a conflitos internos, a carências, a expectativas. Mas reações podem ser instintivas, animais, de um lado, ou moderadas, humanitárias, enfim, gentis, de outro. Saber dividir, saber reconhecer a pluralidade do mundo, saber sonhar. Em resumo, uma forma de amar.

Vou estender a minha pergunta inicial: uma sociedade em que as pessoas não receberam educação adequada pode gerar pessoas gentis?

Possivelmente, não. Comportamento negativo gera comportamento negativo. Resposta típica de quem aprendeu que é possível ganhar consciência e interromper um círculo vicioso. E é nesse diapasão que surge a reflexão desta obra, *O sol depois da chuva*.

Este livro, como obra de ficção, foi tomando forma porque a história foi contando a si mesma, com a imprevisibilidade de um romance que vai ganhando vida. A ilha é o mundo, como em Guimarães Rosa o sertão é o mundo, e os personagens tratam, uns aos outros, com gentileza, proporcionando felicidade e realização. Na travessia, há de tudo, até mesmo gente que pensa e que age de outra maneira.

É uma ilha imaginária, mas a história é plausível e os sentimentos são reais. Rendendo-se às manifestações de gentileza ou de ausência de gentileza, os personagens vão, aos poucos, transformando uns aos outros. Como em toda história, há tristeza, medo, perda, angústia. Como em toda história, há alegria, saudade, esperança, cuidado, amor. "A vida não é simples", já disseram muitos. "É preciso reinventá-la", já disseram outros. Essa complexidade faz com que, a cada dia, seja necessário dar sentido à vida. Esse sentido que a vida ganha pela ação humana, pela conexão entre as pessoas, é a essência da gentileza.

Para navegar por esses mares, busquei semear, no relato, exemplos que pudessem ser absorvidos em doses concentradas. Por isso, a presença de filmes, de gerações e de culturas tão diferentes, que tratam de relações humanas. A sala de cinema que é criada na ilha acaba virando uma espécie de escola. Porque a escola é um terreno fértil, onde pode crescer a planta da qual a civilização retira a essência do melhor antídoto contra a violência: a gentileza. Esse é o nosso intento, essa é a nossa utopia.

Por isso, tornar-se uma pessoa melhor depende de uma decisão que surge de um movimento interno e de uma influência externa. Depende do conhecimento, que causa uma transformação interior. Depende, ao mesmo tempo, de uma capacidade de reflexão profunda, que gera uma transformação exterior. Mesmo quando a tempestade teima em fazer companhia. O sol que aparece depois da chuva é mais bonito que o sol de todo dia.

Gabriel Chalita
Primavera de 2007

1. A ilha

Não era um pedaço de terra qualquer. Estendia-se de comprido, montanhoso ao leste, com um penhasco a proteger o resto da geografia. Visto desse lado, a aparência era a de uma parede de pedra, íngreme, mas bastante regular, com saliências e com reentrâncias que desenhavam uma simetria de escultura. Aves, principalmente fragatas, com suas cores vivas e com seus grasnados musicais, revoavam em torno dos ninhos construídos nas grutas, na lida de transportar comida para os filhotes. Com isso, havia sempre movimento, vivacidade e agitação, a tirarem da pedra a sua imobilidade, a sua imagem de morte. Lá em cima, como um topete, uma fímbria de árvores acompanhava a beira do penhasco.

Olhando-se a ilha do outro lado, podia-se observar uma praia longa, ocupando toda a orla ocidental. Pela manhã, o sol projetava sobre a areia bem amarela, de um ouro velho, a sombra das árvores. Gaivotas passeavam pela praia, assustando-se apenas com uma ou outra vaca pachorrenta que se aventurava mais perto da areia para tosar uma touceira de capim. Na parte sul, um pequeno bosque terminava na praia e, além dele, na direção do interior da ilha, depois de um ligeiro aclive, um planalto que poderia ter sido planejado por um arquiteto. Algumas casas, distando umas das outras mais ou menos duzentos metros, sem cercas entre elas. Hortas. Chiqueiros. Galinheiros. Uma pequena capela branca, no sopé do morro. Um mercadinho. E, também, um posto de saúde, onde um médico atendia uma vez por semana.

Enfim, uma aglomeração de construções que compunham uma vila. O posto era também o quartel-general de Vítor, um biólogo que dividia seu tempo entre o Instituto de Pesquisa das Coisas da Natureza, durante a semana, e os seus estudos pessoais do ambiente da ilha, em praticamente todos os sábados e todos os domingos. Vítor frequentava o local havia muitos anos, antes mesmo de conhecer Valquíria, também bióloga, com quem se casara, embalado pelo romantismo desse local paradisíaco.

2. Francisco

Em uma das casas modestas do planalto, a alguma distância da vila, morava uma mulher chamada Ana. Amara, ainda bem jovem, um pescador afamado da redondeza, musculoso, fanfarrão e divertido, dono da canoa mais bonita e do sorriso mais mortal. Num dia qualquer, ele desapareceu. Contam que se largou no mar, dizendo adeus como quem não volta mais. De fato, não voltou. Decerto, arranjara uma namorada em outra praia. Ou se cansara da mesmice da Ilha da Aliança. O certo é que se foi. E incerto destino tomou. Ana ficou na ilha, carregando o filho Francisco ainda no colo. Sobreviveu como pôde, plantando verduras para vender aos vizinhos. Tecia e consertava redes de pesca. Ajudava a construir canoas. Não se negava ao trabalho, como não se livrava de uma perene amargura. Cuidava de Francisco com dedicação, mas não conseguia ser terna com ele. Era o filho do homem que a abandonara, e parecia merecer dela uma punição a cada dia. Francisco nascera com mais esse pecado original. Moço vivo e inteligente, embora totalmente introvertido. Ressentia-se da falta de carinho. Aos 17 anos, não tinha como estudar. Terminara o ensino fundamental na própria ilha, na escolinha modesta instalada em um galpão lateral do posto de saúde. Completara o ciclo, mas não tinha como evoluir sem deixar a ilha. Francisco não podia ir. Trabalhava. Sustentava a mãe.

Perto da casa deles, ficava um atracadouro acanhado. Ali, Francisco manobrava uma canoa de um só tronco, feita pelo pai à moda indígena. Aprendera a manejá-la sozinho, talvez com a memória atávica das habilidades paternas. Não contava com muitas opções de lazer depois do trabalho. Via um pouco de televisão no barzinho do seu Valdemar e tinha uma noção bem razoável do que se passava pelo mundo, embora não entendesse diversas coisas que observava. Principalmente, informações sobre violência e miséria. Nesses momentos, agradecia intimamente a vida naquele pequeno mundo, onde todos se conheciam e se respeitavam.

    Baldeava pessoas da ilha para o continente e de volta, em um braço de mar de cerca de três quilômetros, por uma quantia módica. Fregueses, havia sempre. A professora fora uma das primeiras. A ilha atraía turistas de ocasião, pela proximidade com o continente e por sua beleza. Também havia os estudantes da faculdade de oceanografia, os estagiários de biologia, os pesquisadores dos institutos, os voluntários e os ativistas das organizações ambientais. O próprio Vítor, que possuía um barco, muitas vezes dava preferência ao transporte pela canoa, até para ajudar o jovem a ganhar um pouco mais. Considerava-o trabalhador, educado, de boa índole. Mas preocupava-se com a introspecção de Francisco. Quem, ou o quê, teria roubado o sorriso de alguém tão moço?

3. Vítor

Filho de artistas plásticos, Vítor foi educado na pluralidade de pensamento. Aprendeu, com os pais, na criatividade da arte, a perceber as pessoas por trás das obras e a não nutrir preconceitos de nenhuma espécie. Integrava-se às comunidades com muita facilidade, por causa desse traço de educação. E era querido por todos. Homem de riso solto e de cabeça leve. Ouvia, com o mesmo prazer, um concerto e um fandango caipira. Comia, com o mesmo apetite, um *fettuccine* com especiarias ou um peixe na folha de bananeira. Lia, com o mesmo entusiasmo, as pesquisas antropológicas de Lévi-Strauss ou uma carta simples de um ilhéu com pouca instrução.

Vítor escolheu a biologia como ofício e, mais do que isso, como uma missão prazerosa de vida. Com essa disposição para a convivência e para a alegria, ele encontrou a pessoa certa, Valquíria. Miúda, ativa, era uma moça risonha, piedosa, emotiva. Especialista em botânica, conheceu Vítor na ilha e, depois, estreitou contato com ele na universidade. A proximidade das áreas de interesse tornou-os, desde logo, cúmplices, amigos, companheiros de profissão e, mais tarde, marido e mulher. Desde o tempo da faculdade, faziam da ilha um viveiro de pesquisa e um cenário de amor.

Foi na Ilha da Aliança a lua de mel. Sob as árvores, numa tarde luminosa de maio, a intensidade do amor gerou a filha Mara.

Os corpos se encontraram como a celebrar o que a mente fizera antes. As mãos que acariciavam o torso já anteviam uma vida cheia de afagos e de romantismo. Eram felizes. *Decididamente* felizes. E essa felicidade pedia licença a qualquer outro sentimento de menor importância. Assim, transbordavam, em laivos de gentileza, o que internamente viviam.

Vítor nutria especial predileção por Francisco. A cada visita à ilha, levava-o para o laboratório, a pretexto de precisar de um auxiliar. Mostrava-lhe equipamentos, ensinava-lhe processos, dava-lhe livros, contava-lhe histórias de um mundo, lá fora, que ele não conhecia. Todo o tempo, ouviam músicas de gêneros diversos, principalmente as eruditas. Vítor era como um pai postiço para Francisco. Graças a ele, Francisco sempre aprendeu coisas variadas. A cada nova informação, era possível observar, na expressão do jovem, o prazer da descoberta. Na verdade, um contentamento comedido, disfarçado. Francisco receava mostrar alegria.

Vítor respeitava o jeito de ser de Francisco. Sabia que era preciso dar tempo ao garoto e um toque de delicadeza para lapidar sua personalidade. Senão, o que havia de precioso por trás da aspereza poderia se perder.

Porém, se não era expansivo, Francisco desenvolveu a capacidade de observação. Grandes olhos pretos, parcialmente ocultos pela franja que lhe caía irregular sobre o cenho, conferiam-lhe um ar de questionamento. Andava de cabeça baixa, mas os olhos perscrutavam, por sob a cabeleira, todos os movimentos, todos os estados e todas as situações. Não falava muito. Não respondia quase nada, embora tivesse uma postura sempre educada.

A timidez desaparecia apenas quando voltava à ilha, sozinho na canoa, depois de levar um freguês para o continente. Nesses momentos, isolado no mar, permitia-se cantarolar ou assobiar uma das canções que costumava ouvir com o aparelhinho de CD da menina Mara. Ela estava sempre presente durante os trabalhos de pesquisa do pai. Francisco gostava dela. E ela gostava de Francisco. Mas ele falava tão pouco... Entretanto, o olhar já prenunciava alguns dizeres e já antecipava algum amanhã.

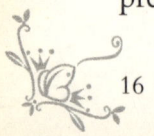

4. Mara e o cinema

Filha de quem era, educada como foi, Mara tinha atitudes despojadas. Moça agradável, polida. E livre. Livre de preconceitos e de discriminações. Tratava todos muito bem. Era bem-humorada. Tornara-se uma esplêndida moça aos 16 anos, com a doçura e com a graça que a boa educação, que o amor dos pais e que a liberdade propiciam a uma pessoa. Tinha abundantes cabelos claros, cacheados, e um jeito livre de os ajeitar, um gesto que não passava despercebido a Francisco. Pela convivência em quase todos os fins de semana na ilha, eram amigos desde bem pequenos. Francisco a seguia o tempo todo, desde o momento em que ela punha os pés na ilha. Só interrompia os passeios com a companheira quando aparecia freguês para ser levado ao continente. Ia, um pouco contrariado, fazia depressa a travessia e voltava, para acompanhá-la de novo.

Naquele entardecer friorento do mês de junho, Mara e Francisco se acomodaram sob o teto de palha da tenda que abrigava os pescadores. Todos os trabalhadores estavam por ali, aproveitando que o mar revolto impedia a pesca, para pôr em dia as redes, para limpar as cracas das canoas, para lixar os remos. Soprava um vento úmido, e o casal se ajeitou perto de uma fogueira. Conversavam. Ou melhor, Mara falava. Francisco ouvia. Como sempre. Várias coisas que a amiga dizia eram indecifráveis para ele, que não via o mundo além daquele braço de mar. Tinha ido, algumas poucas vezes, até a cidade, para uma quermesse, para o casamento de um parente, para umas poucas compras.

Guardava até boas lembranças, mas não se sentia suficientemente bem-informado para comentar o que não conhecia direito. Gostava de ouvir, e Mara não se importava em falar. Em tempos de poucos ouvintes, via em Francisco a serenidade de quem não temia fazer parte do mundo, do seu jeito, à sua maneira.

Mara costumava falar da escola, dos amigos, dos passeios, do que havia para fazer na cidade. Falava, com frequência, de sentimentos. Francisco gostava de ouvi-la falar de sentimentos. Avaliava, com cuidado, cada observação de Mara a respeito de hábitos e de atitudes. E, de certa maneira, achava que as pessoas eram iguais, na ilha ou no outro lado do mar.

Em dado momento daquela tarde, pairou um silêncio espontâneo entre os dois. Ficaram observando a garoa fina, as últimas canoas chegando para serem recolhidas. Mara, pensativa, comentou:

— Puxa, como esta cena lembra o filme *Cinema Paradiso!*[1] Sabe, né?

Francisco engasgou. Sabia o que era cinema, até já fora a uma sessão, na cidade, com a mãe, quando precisaram sair da ilha para ir ao casamento do primo Júlio. Mas não tinha repertório para conversar sobre cinema. Respondeu, um pouco sem graça, olhando para o chão:

— Não vi esse filme.

— Quer que eu conte a história, Francisco? Quer?

— Hum...

— Está bem. Vou contar. A história se passa em uma ilhota próxima à Sicília, no sul da Itália, povoada por pescadores. Bem parecida com esta aqui.

---

[1] *Cinema Paradiso*. Países: França/Itália; lançamento: 1989; direção e roteiro: Giuseppe Tornatore. Elenco: Philippe Noiret, Jacques Perrin e Salvatore Cascio.

Francisco se acomodou melhor no banco, enfiou as mãos nos bolsos do casaco e se pôs a ouvir. Ela começou a falar, devagar, saboreando a narração.

— A população dessa ilha é de gente modesta. O único lazer que há é o cinema. No salão em que ocorre a projeção, não há onde sentar. E os próprios frequentadores levam as cadeiras. No segundo andar, há um balcão, onde o ingresso custa mais caro. Ali é que senta quem tem mais dinheiro. Antes do filme, é costume ser transmitido um resumo noticioso. É por meio desse jornal que as pessoas da ilha têm contato com o mundo. Principalmente, com as notícias sobre a Segunda Guerra Mundial, que devastava a Europa na época em que o filme acontece. A guerra, para eles, era uma realidade distante, como se fosse apenas uma história das telas. O padre do vilarejo assiste a todos os filmes antes da exibição, para verificar se não há cenas imorais. Tem mania de mandar cortar cenas de beijos, sejam tórridas evoluções coreográficas de bocas, sejam simples beijocas juvenis.

Mara divertia-se com a lembrança do padre casmurro. Francisco acompanhava a narração com o olhar fixo nos lábios rosados da moça. Mara continuou.

— Alfredo, o projecionista, vai cortando com uma tesoura os trechos do filme que o padre proíbe, colando as pontas com fita adesiva. Alfredo é um homem de meia-idade, paciente, e cumpre as indicações do padre sem discutir. Sabe muito bem que a plateia percebe, durante as exibições, quando uma cena foi cortada e já se prepara para ouvir assobios e vaias.

Francisco ouvia, atento. Em sua mente, ia desenhando o ambiente da descrição.

A sala de cinema que Mara descrevia era como um registro, em perspectiva, da própria comunidade. Ela falou dos frequentadores. Do personagem que se sentava no balcão, acima da plateia, todo engomado e comportado, mas que se aproveitava do escurinho para cuspir sobre os espectadores desavisados. Do fulano que só ia ao cinema para dormir, a quem, constantemente, os frequentadores gaiatos aplicavam maldades e travessuras. Do casal que aproveitava o momento de congregação para um namoro a distância, cheio de olhares cúmplices. Do cinéfilo empedernido, que assistia tantas vezes ao mesmo filme que decorava os diálogos. Da primeira fileira, dos meninos que se manifestavam, estrepitosamente, aos gritos, às palmas e aos assobios, para torcer pela vitória do mocinho sobre o bandido.

Era na sala de cinema que aconteciam os encontros políticos, as discussões ideológicas, as desavenças, os namoros, os primeiros contatos com a noção de sexualidade, os pequenos pecados.

Francisco se mexeu um pouco ao ouvir falar de sexualidade. Era um tema delicado para ele. Sentia-se embaraçado, como se Mara pudesse saber da iniciação dos moleques da ilha. Desviou o olhar, como se tentasse ocultar o pensamento, que viajava pelas revistinhas que os outros meninos chamavam de "catecismo". Lembrou-se das olhadelas furtivas para a calcinha das meninas, na escola, quando se abaixavam para pegar o lápis "descuidadamente" derrubado no chão. Pensou, no átimo que se passou depois da frase de Mara, na impressão de intocabilidade das mulheres das revistas, imaginando pelos, umidade e movimentos. E pensou nos momentos escondidos e desesperados. Respirou um pouco mais aceleradamente, mas procurou não deixar que Mara percebesse a sua pequena aflição. Ela não se deu conta da revolução que o ocupava e foi em frente com a narração.

— É na sala do Cinema Paradiso que também se localiza o cenário de um outro enredo, dentro do enredo. É a história de Salvatore, o Totó, um menino de sete anos, pobre, que vive com a mãe e com uma irmã recém-nascida. Ele não perde a oportunidade de escapar da vigilância da mãe para ir ao cinema. Claro que, por causa disso, morre de sono durante as aulas e chega mesmo a dormir durante a missa, na qual ajuda como coroinha. Em um domingo, ajoelhado ao lado do padre, que se ocupa dos ritos da eucaristia, não consegue manter os olhos abertos e cochila. O padre se aborrece, mas consegue se conter e espera para chamar a atenção do menino na sacristia: "Totó, se você não toca a sineta, eu me perco completamente durante a missa. Que há com você? Dormindo em plena missa! Você deve estar comendo muito para ter sono desse jeito!". E Totó responde: "Comendo muito, padre? Lá em casa, não comemos muito nem ao meio-dia...".

Mara riu da esperteza da resposta do personagem. Interrompeu a narração para ver como Francisco estava recebendo a história. Ficou feliz com a expressão de curiosidade dele. E continuou.

Falou de Totó. Contou que era um menino bonito, inteligente, bem-humorado e simpático. Com esses atributos, conseguia tudo o que queria das pessoas. Totó mal se lembrava do pai, o qual fora para a guerra e de quem ninguém tinha notícia; aparentemente, morrera em batalha. Fazia o que podia para ajudar a mãe, ainda jovem e bonita, mas amargurada e entristecida pela solidão e pela miséria forçadas. Era bom aluno e tinha especial prazer em aprender. Totó ficou amigo do projecionista, Alfredo, a quem pediu que lhe ensinasse o ofício e os segredos de operar a máquina de exibir filmes. Mara relatou algumas sequências que mostravam a convivência entre os dois na cabine de projeção, com lances de verdadeira sabedoria de Alfredo, que se tornara, em pouco tempo, a referência masculina do menino sem pai. Depois, disse:

— Totó se parece um pouco com você, na minha opinião. Não acha?

Francisco não soube o que dizer. Hesitou, sem decidir se era bom ou ruim se parecer com Totó. Pensou em responder alguma coisa. Acabou ficando só na tentativa. Mara insistiu:

— Você não acha?

— Porque eu não tenho pai? – ele retrucou, magoado, já em atitude de defesa.

— Não, Francisco! Por causa do interesse que você tem em aprender, seu bobo! Vamos continuar a história.

E prosseguiu a narração, contando que, *certa noite*, na praça em frente à saída do cinema, a mãe esperava Totó, agoniada. Ela o surpreendeu saindo ao lado de Alfredo e do funcionário que cobrava as entradas e o censurou por estar tão tarde na rua. Perguntou se não havia comprado o leite para a irmãzinha. Totó se calou, e ficou evidente, assim, que ele gastara o dinheiro do leite, 50 liras, na compra do ingresso do cinema. Alfredo percebeu a situação rapidamente e perguntou ao funcionário o que este encontrara sob as cadeiras, depois da inspeção final da noite. O funcionário começou a enumerar os achados: um pente, um isqueiro e... Alfredo o interrompeu, perguntando: "E uma nota de 50 liras, não foi?". Enquanto falava, deu um jeito de tirar do bolso uma nota de 50 liras e de passá-la disfarçadamente para o colega. Este, percebendo a intenção de Alfredo, fingiu lembrar-se e estendeu a nota, alegremente, para o menino. Todo mundo se deu conta da pequena mentira de Alfredo e todo mundo aceitou a boa dissimulação. O menino sentiu que não estava só e que amigos são capazes de sacrifícios para nos salvar de uma situação difícil. Totó, bem-dotado de intelecto e de índole, percebeu a manobra e aprendeu com ela. O acontecimento serviu para fazê-lo melhorar ainda mais.

Mara fez uma pausa, respirou o ar frio da tarde. Depois, voltou a falar:

— Há uma cena do filme que acho a mais comovente de todas. É assim: em uma noite de estreia, antes de começar a projeção do filme, o pequeno cinema está lotado. Muitas pessoas do lado de fora, cada qual com a sua cadeira na cabeça, sem poder entrar. Lá do alto, da sacada atrás da cabine de projeção, Alfredo e Totó observam a aglomeração. E, conversando como dois adultos, decidem fazer uma gentileza para a população. Alfredo tira a tampa traseira do projetor, para permitir que as imagens possam ser projetadas contra a parede de um sobrado. Acontece, então, uma exibição de cinema ao ar livre, para delírio da população, que percebe a delicadeza do gesto e agradece a seu modo. Mas o destino prega uma peça a Alfredo, quando uma fagulha inflama a película e deflagra um incêndio que vai mudar a vida dos nossos heróis.

Mara se interrompeu.

– Mas essa é outra história. Ou melhor, a continuação da história. Quando eu vier para as férias de julho, daqui a duas semanas, vou trazer o filme. Pedirei ao meu pai para trazer o aparelho de DVD e um telão. Aí, a gente vê o filme juntos e você me diz o que acha dele, tá bom?

Francisco animou-se com o convite. Animou-se do seu jeito, fixando o olhar num ponto distante, enquanto concordava com a cabeça. Seus olhos eram, de fato, expressivos e, de vez em quando, parecia que lágrimas de emoção ou de tristeza podiam ser vistas. Mas ele não chorava. Apenas viajava para algum lugar que nem Mara parecia conhecer, por mais cumplicidade que tivesse com ele.

Despediram-se. Na manhã seguinte, Mara voltaria para a escola, para os seus afazeres, para a sua vida.

Francisco também voltaria para a sua rotina. Com uma perspectiva a mais. E passou a esperar julho.

– Ah! Precisa ver. É maravilhoso, poético!

Francisco manteve-se olhando para o chão, desconfortável.

5. Ana

Julho chegava com um frio não tão crucial, mas suficiente para trazer mais complicações a quem estava fragilizado pela enfermidade. Ana, vergastada pelo vento, na horta, na cabana das canoas, começava a apresentar sinais de doença. Tinha uma tosse feia, ruidosa. O rosto, encovado, exibia uma aparência mais sombria.

Por trás de toda doença renitente, esconde-se uma amargura resistente. A tristeza cobra seu preço. Ninguém pode se entregar impune, durante tanto tempo, à tristeza.

Ana foi tossindo e definhando. Mas nem por isso seu coração amoleceu. Sofria sozinha, não aceitava a ajuda de Francisco. Este, embora preocupado, não se atrevia a perguntar, já que a mãe reagia mal às suas tentativas de aproximação. Os dois haviam estabelecido um acordo tácito: falavam do trabalho, das obrigações, do tempo, das coisas prosaicas do mundo; só não falavam de si. Sentimentos, lembranças, diálogos de maior intimidade eram temas proibidos. E Ana achava que falar de seu estado de saúde era permitir uma invasão à sua privacidade. Desse modo, Francisco se preocupava, mas calava. Não sabia da seriedade da moléstia. Chegara, uma vez, a sugerir que a mãe fosse ver o médico, mas a expressão indignada dela não o entusiasmou a continuar.

Deu-se que o médico que ia semanalmente ao posto de saúde era cliente costumeiro da canoa de Francisco. Sem ter a quem recorrer, o jovem aproveitou uma travessia com o doutor para comentar que a mãe não estava bem, procurando transparecer que abordava o assunto casualmente. O médico fez algumas perguntas, e Francisco foi respondendo. À medida que ia se soltando, desabafava toda a preocupação que o consumia. Foi um momento em que o próprio médico, acostumado a enfrentar situações difíceis, se emocionou. O moço tinha parado de trabalhar com os remos; botou a mão no queixo, olhando para o chão da canoa, como se tivesse perdido a razão para remar. Não fazia um movimento sequer, não movia um músculo do rosto, com expressão de profunda dor. Talvez, lá dentro, ele soubesse que a mãe, a seu modo, o amava. E ele, com seu escasso dizer, fixava o vazio e pensava em um mundo sem mãe. O médico não sabia o que fazer. Apenas pôs a mão no joelho de Francisco, em sinal de apoio. Via o desespero daquele adolescente, quase criança, com pavor de ficar sozinho. Achegou-se um pouco mais e passou o braço pelo ombro do garoto. A reação foi imediata: Francisco repeliu o doutor com força. O médico era experiente, entendia bem o sofrimento. Passou o outro braço em torno do menino e o puxou para o peito, num abraço confortante.

Francisco desabou a soluçar, num sacudir de corpo que lembrava uma convulsão. Deixou-se levar pelo abraço, durante alguns minutos, permitindo-se chorar. A possibilidade da perda fazia com que as lágrimas se manifestassem. Ele não ousava abraçar o doutor, mas já permitia ser abraçado.

Francisco murmurava:

– A minha mãe, doutor!

– Calma, Francisco. Tenho certeza de que não é nada. Vou hoje mesmo ver sua mãe.

– Ela não pode saber que fui eu que contei, doutor! Ela vai brigar comigo.

– Sossegue, Francisco. Deixe comigo.

– Obrigado, doutor.

Francisco, de repente, pensou em Alfredo, o personagem do filme que Mara lhe havia contado na cabana da praia. A associação que fez despertou nele a consciência de que o enredo o impressionara mais do que havia pensado. Sentiu-se como se respondesse à pergunta de Mara: "Sim, eu sou bem parecido com Totó! Eu me sinto como ele, precisando de um amigo, de um tutor, de um pai ou, talvez, de um amor. Amor? O que seria amor?!".

Imergiu novamente em seus pensamentos, com o coração aquecido por duas novas emoções: a gratidão ao médico, que o acolhera com tanta simpatia, e a gratidão a Mara, que lhe mostrara um mundo novo de sentimentos. E voltou a sonhar com o dia de assistir ao filme.

Assim que a canoa tocou o atracadouro, ajudou o doutor a desembarcar e subiu correndo a escada de pedra que levava ao planalto. Ia ofegante, procurando a mãe. No meio do caminho, interrompeu a corrida, ao avistá-la. Desacelerou o passo e aproximou-se. Ana estava abaixada, cortando alfaces com uma faquinha gasta. Olhou para o filho com aparência moribunda. E tossiu. Os dois ficaram a se olhar por um longo instante. Quem pode saber o que se passava pela cabeça e pelo coração deles?

Francisco quebrou o silêncio.

– Vou tomar um gole de café, mãe. A senhora quer um pouco? Tá frio aqui fora.

– Quero, sim. Ponha pouco açúcar.

Francisco sentiu certo alívio ao se afastar da mãe e de seu silêncio enigmático e opressor. Entrou na cozinha, um cubículo de chão batido, de paredes de alvenaria imperfeita, com frestas por onde o vento assobiava a intervalos. Avivou o fogo no fogão a lenha, inclinando-se para soprar as brasas e para fazê-lo retornar, de modo a aquecer a chaleirinha. Pôs o coador de flanela no bule, brilhante de limpeza. Ana prezava o brilho de suas panelas, que polia com sabão de cinzas e com areia do mar. Era um de seus poucos orgulhos. Enquanto esperava a água ferver,

Francisco ouvia a mãe tossindo, a espaços. Às primeiras borbulhas, despejou devagar a água em cima do pó de café. Ouviu algumas palmas, seguidas de uma voz de homem, e saiu para ver quem era.

Na varanda, avistou o doutor chegando, segurando a maleta. Mal pôde cumprimentá-lo, porque ele já iniciava uma conversa com Ana.

— Bom dia, dona Ana. Estou precisando de um pouco de poejo para preparar um chá digestivo e expectorante para a filha do seu Domingos. A senhora tem poejo aí, na sua horta?

— Tenho ali, naquele canteiro mais largo, doutor. Já vou pegar.

— Ei, dona Ana! Espere um pouquinho aí mesmo. Não estou gostando nem um pouco dessas suas olheiras. A senhora me mostre a língua, por favor.

— Mas... é só uma tosse...

— Sei, sei. Ponha a língua bem para fora. Hum... Saburrosa. Tem sentido gosto ruim na boca? Tosse mais de manhã? Francisco! Menino, pegue uma blusa para sua mãe! Ela não pode apanhar esta friagem.

— Que que ela tem, doutor?

— Não sei, vamos precisar fazer uns exames. Dona Ana, entre em casa e sente-se um pouco. Quero fazer uma auscultação com o meu estetoscópio. Ouvir o pulmão da senhora com este aparelhinho aqui.

No fim da tarde, um barco da Guarda Costeira fez o favor de buscar Ana e o médico.

Francisco ficou sozinho. Cuidava do próprio almoço, fazia o transporte dos clientes. Os fregueses da mãe continuavam a procurar verduras, um pouco por pena do menino, um pouco para saber se havia novidades. Não havia. O médico voltaria na semana seguinte e, só então, contaria o que acontecera. Francisco esperava.

Naqueles dias, depois de jantar e de lavar a louça, esforçando-se para manter o brilho das panelas da mãe, passava pela espelunca do seu Valdemar, via televisão e voltava para casa. Sentava-se ao lado do fogão a lenha, punha mais duas ou três varas para queimar e lia. Possuía alguns livros, presentes de Vítor e de Valquíria. Mas não conseguia se concentrar para ler. Sentia saudade da mãe, apesar do distanciamento que havia entre eles.

Ana estava internada no hospital municipal. Francisco estava sozinho na ilha.

6. A tempestade

Aquela semana trouxe tudo para que Francisco a considerasse insuportável. A espera pelo médico, com informações sobre a mãe, começou a pesar na tarde do segundo dia. Depois de comer arroz com ovo frito e uma salada de tomates, foi varrer a varanda, pensando em alimentar as galinhas em seguida. Sentiu um nó na garganta, uma ansiedade que não sabia explicar. O dia estava nublado e escuro. Ninguém precisara de transporte, porque o mar estava revolto e as pessoas preferiam esperar. Varria depressa, aspergindo um pouco de água com a mão para apagar a poeira do chão, como a mãe fazia. Em pouco tempo, a tarefa mecânica ganhou forma de fantasia, e ele imaginou estar varrendo a entrada do salão de um cinema. Dava até para ouvir uma melodia, num som bem baixo. Cinema! Começou a sonhar, a se lembrar do filme, a pensar no sorriso de Mara, e esqueceu por alguns instantes suas desventuras. Moveu-se, em pensamento, para algum lugar que sabia onde era.

– Francisco! Ô, menino!

Nem se dera conta da chegada de Josefa. A dona da pousada vinha com uma sacola na mão e com um sorriso no rosto.

–Vim trazer umas coisas para você comer. Soube que sua mãe está internada, e você deve estar com dificuldade de cozinhar.

Francisco nem soube o que dizer. Josefa entregou-lhe a sacola, com uma expressão tão cordial que seu coração se aqueceu. Gaguejou, tentou murmurar um agradecimento, com o rosto afogueado pela timidez.

— Não, meu filho, não precisa dizer nada. É minha obrigação. Ana é minha amiga. Além disso, você traz clientes para minha pousada.

— Dona Josefa... — começou Francisco, mas a mulher levantou a mão.

— Quero ver como está a casa. Preciso tomar conta de você.

Entrou sem esperar autorização. Recolheu roupas sujas e foi colocando-as em cima de uma cadeira. Olhou a pia e ficou contente com o que viu.

— Muito bem, Francisco. A cozinha limpa. Estou gostando de ver como você ajuda sua mãe. Mas a roupa você não sabe lavar, não é? Deixe que eu vou levar para a pousada. Apanhe uma sacola para mim, está bem?

Um sentimento bom ia chegando. Josefa tomava conta de Francisco e do espaço e se movimentava por ali como alguém que estava acostumada a mandar. Francisco experimentava uma sensação de proteção. Parecia que, pela primeira vez, alguém cuidava dele. Por um momento, sentiu culpa, pois algo lhe dizia que estava sendo injusto com a mãe. Ela também cuidava dele. Do seu modo, mas cuidava.

Nisso, o zunido do vento, lá fora, aumentou subitamente de intensidade. Um trovão estrondou pela encosta do morro e a chuva desabou de vez. Josefa fechou a porta; depois, olhou pela janela a cortina de água que cobria a ilha. Puxou uma cadeira, resignada, e sentou-se. Chamou Francisco para ficar ao lado dela e puxou conversa.

— Abra a sacola, Francisco. Já está na hora de fazer um lanche, não é?

Francisco aquiesceu. Pegou a sacola e foi tirando de dentro os potes bem-arrumados. Um cozido de peixe. Uma salada colorida e fresca. Feijão, bem temperado, com pedaços de beterraba. Arroz. Um pão caseiro, perfumado e tostado. E, para completar, um pudim de coco, coberto por uma calda caramelada que o fez salivar só de olhar.

– Você deve estar com fome.

Não estava. Já tinha almoçado o seu arroz com ovo, mas o que importava? Sentia-se acalentado por toda aquela gentileza.

– A senhora é boa, dona Josefa – disse Francisco, olhando para ela e desviando depressa o olhar para o chão, com vergonha.

– Eu e sua mãe brincávamos juntas por estas areias. Fui confidente dela, quando se apaixonou pelo seu pai. Ele era o pescador mais bonitão daqui. Parecia tão correto, tão apaixonado por sua mãe. Ela nos contava das estripulias que faziam, das declarações que ela recebia, deitada preguiçosa no colo dele. Eram felizes, Francisco. De uma felicidade que chegava a dar inveja a muita gente. Diziam por aí que não viveriam um sem o outro. Quando andavam juntos, pareciam duas esculturas. Trocavam dizeres quentes, de um eterno verão. Depois, fiquei triste com o rumo que a vida dela tomou. Seu pai foi embora. E não deu notícias, ninguém sabe se está vivo. Sua mãe se afastou de todos os amigos, ficou isolada aqui, nesta casa. Ela não se conformou, meu filho. Nós todos temos uma cota de sofrimento a cumprir, mas sua mãe tem sofrido mais do que todo mundo. Fechou luto, fechou o coração, fechou a porta. Isso tudo deixa a gente, que é amiga, muito triste. Quando resolvi deixar de ser professora e abrir uma pousada aqui, na ilha, reencontrei sua mãe, e a amargura dela encheu meu coração de piedade. Até tentei ajudá-la, mas cada um sabe de si, meu filho. Agora, que ela está doente, achei que precisava ver como você está. Você é como se fosse meu sobrinho, Francisco.

– A senhora é generosa, dona Josefa.

O vento rugia, lá fora. Com força, uma das janelas se abriu e a folha bateu na parede, com um ruído assustador. A água respingava dentro da sala. Josefa e Francisco se levantaram, apressados, para fechar de novo a janela. Francisco trouxe uma vassoura, para fazer uma escora. Depois, acendeu a lenha do fogão. A casa ficou um pouco enfumaçada no começo, mas a chaminé deu conta do recado. Logo, um calor agradável se espalhava pela habitação.

A chuva cessou tão depressa quanto começou.

Josefa se despediu, arrepanhou a saia e foi embora pelo caminho da praia. Voltou-se e gritou, já de longe:

– Olhe: nós jantamos às 7 horas na pousada. Você vai lá jantar com a gente. Faço questão.

O sol que aparece depois da chuva é mais bonito que o sol de todo dia.

7. Notícias

Domingo era dia de visita.

Francisco desceu da canoa e puxou-a da água para a areia, vencendo a resistência do refluxo das últimas ondas fracas. Tinha o coração pesado. Mais do que nunca, sentia-se só. Lembrava-se, com amargura, da última visita, em que a mãe mal falara com ele, na enfermaria do hospital municipal. A imagem que ficara em sua lembrança era a de uma mulher pálida, com olheiras, emagrecida. Os olhos dela permaneceram, durante quase todo o tempo da visita, fitando o nada, às vezes ocultos em longas piscadas cansadas.

Mas Francisco entendia um pouco mais aquela mulher triste. A tempestade que obrigara Josefa a ficar com ele, no calor do fogão a lenha, permitiu-lhe ouvir um pouco de uma história que ele não conhecia. Graças a Josefa, ele sabia que sua mãe brincara na areia. Tivera amigas. Era filha de alguém. Tinha sido alegre e tinha amado. O moço conseguia, agora, avaliar de um jeito mais amável a mulher que lhe dera a vida. No entanto, a perspectiva de que ela ficaria internada ainda por mais tempo, sem melhora visível, amargurava-o. Pensava também no pai e repreendia-o pelo estrago que tinha causado. Um homem não pode partir assim. Por causa dele, no coração da mãe, desde aquele último verão, só havia inverno.

Acabou de puxar a canoa para debaixo de uma sombra, bateu a areia das calças e se dirigiu ao pavilhão do hospital municipal. Uma caminhada pequena para quem estava acostumado a andar pelas trilhas da Ilha da Aliança. Na portaria, uma atendente, ocupada em limpar as unhas com a ponta da tampa da caneta vermelha, mal olhou para ele. Francisco esperou, imaginando que, quando a mulher terminasse suas atividades, perguntaria o que ele queria. A mulher, no entanto, não olhava nunca para ele. Virava o rosto para conversar com a colega de balcão. Abaixava a cabeça para fazer anotações. Às vezes, soltava um bocejo imenso, escandaloso. Francisco não tinha ideia de como funcionavam os hospitais. Observava a mulher, torcendo para que, inadvertidamente, seus olhares se cruzassem e ela o enxergasse. Observava as pessoas, sentadas, com aspecto de desamparo. E foi ficando por ali, esquecido, relegado, desprezado. Passou-se muito tempo até que chegasse um homem, vestido com um uniforme verde, que se dirigiu ao balcão. A mulher endireitou o corpo, abriu um grande sorriso e se pôs a exclamar:

— Pois não, doutor! Pois não, doutor!

O homem disse o que queria. Ao se retirar, quase esbarrou em Francisco, que viera se colocar ao lado dele.

— Quer alguma coisa, rapaz? — perguntou o médico, sem muita simpatia, mas com atenção.

— Eu vim ver a minha mãe. Mas não sei onde ela está...

— Fale com esta senhora aqui. Odete, faça o favor de atender o moço.

Com um gesto de cabeça para Francisco, o médico se retirou. A mulher manteve o sorriso, até o médico desaparecer no corredor. Depois, reassumiu a cara de tédio, puxou uma caneta e perguntou, aborrecida:

— Nome?

— Meu? Francisco, dona.

— Da sua mãe, o nome da sua mãe. Não é ela que você quer ver?

Embaraçado, Francisco deu o nome da mãe. A mulher percorreu a listagem com as unhas cheias de esmalte barato e indicou uma ala do hospital. Francisco seguiu a direção indicada. Foi desviando da gente que passava, de macas que enfermeiros apressados empurravam para lá e para cá. Chegou a um longo corredor. Teve um pouco de dificuldade. Enfim, encontrou a mãe, em uma maca encostada na parede.

Ana olhou para ele com algum entusiasmo nos olhos e até ergueu a mão para cumprimentá-lo. Francisco nem soube quanto tempo ficou ali, quieto, parado, olhando para a mãe. Observou os outros doentes, nas macas próximas, mal agasalhados por cobertores quase transparentes. Não havia onde sentar. Os pés começavam a doer. Experimentou apoiar-se no pé esquerdo, descansando o direito. Equilibrou-se um pouco. Cansou-se. Inverteu a posição dos pés. Logo, cansou-se de novo. Não encontrava assunto para conversar com a mãe. Contou que fora convidado para almoçar e para jantar na pousada de Josefa, enquanto Ana estivesse internada. Percebeu aprovação no olhar da mãe. O assunto acabou de novo. Algum tempo depois, não aguentava mais ficar e, também, não encontrava maneira de ir embora. Salvou-o o médico que fazia a ronda, ao pedir-lhe licença, para que Francisco saísse do caminho e ele pudesse examinar a paciente. O rapaz afastou-se da maca, sem saber para onde ir. Os movimentos do médico impediam-no de ver a mãe, mesmo para um aceno de despedida. Afastou-se, aos poucos, e, quando deu por si, estava do lado de fora da enfermaria, sentindo esbarrões de gente que entrava e saía.

Voltava para a ilha. Sozinho de novo. Até quando? A chegada ao atracadouro mostrou que ele não estava tão sozinho assim. Seu Vicente segurava uma carta para ele. Mara era a remetente.

8. Uma noite mágica

A sessão de cinema, na sala da pousada de Josefa, foi agradável. Vítor e Valquíria fizeram questão de participar da experiência cinematográfica de Francisco. Prepararam uma mesa com salgadinhos e com biscoitos variados e passaram o filme a meia-luz, como se estivessem em uma verdadeira sala de cinema. Francisco acompanhou o enredo, relembrando a história que Mara lhe contara. Entendia que, de certo modo, era a sua própria história. Ao final do filme, Josefa propôs:

— Posso fazer uma sugestão? No sábado, veremos outro filme. Eu recomendo *Lisbela e o prisioneiro*. É tão lindo! Fala de cinema e fala de amor. Mara e Francisco poderão ver o filme antes de nós, na quinta-feira, e vão ter até a noite de sábado para preparar um resumo da história. E, aí, farão uma apresentação, como um aperitivo que desperte nossa curiosidade. Eu fazia isso quando lecionava, e era sempre muito bom. Que tal, meninos?

Francisco sentiu o coração bater apressadamente. Olhou para Mara, à procura de apoio. A menina, sorridente, bateu palmas.

— Que legal! Francisco, nós vamos apresentar um resumo superbacana. A gente dá só o tempero, um pouco do cheiro do filme. E, aí, o resto da delícia todo mundo vai querer ver, experimentar.

— É?! — conseguiu dizer Francisco.

— É, Quico! Vamos mostrar que nós podemos fazer. Vai ser como narrar um sonho para as pessoas. Talvez, seja ainda mais gostoso do que sonhar.

9. Acampamento na mata

A porção norte da ilha, constituída por uma densa floresta, era pouco explorada pelos turistas. Na verdade, os ilhéus nem estimulavam as visitas até lá, porque consideravam a mata nativa uma espécie de tesouro a ser preservado para as gerações futuras.

Vítor conhecia bem a mata. Era o seu laboratório natural. Não ia para lá com frequência, porque pensava que a presença constante de pessoas podia interferir no ecossistema. Quando ia, aproveitava para colher amostras, para observar tudo o que podia. Era o seu recanto preferido.

Mas parecia que outras pessoas também haviam resolvido fazer da mata um refúgio.

Uma clareira ao pé da montanha se transformou no acampamento clandestino de três rapazes. Fazia frio naquele trecho úmido da floresta e os jovens, bem agasalhados, preparavam uma barraca, aproveitando uma rocha grande para servir de apoio. Um deles fez uma pausa no trabalho para gravar, com um canivete, a data e o nome dos três na superfície de um jatobá enorme, que fazia sombra sobre a pedra. Ele observou que alguém já devia ter estado ali antes, porque havia alguns códigos anotados na pedra, algo incompreensível, como se fosse uma espécie de mapa. Mas os rapazes estavam ocupados demais para pensar em decifrar escritas rústicas, possivelmente feitas por caiçaras avessos à civilização – bem no extremo norte da ilha, vivia uma comunidade isolada, que não mantinha contato com os outros habitantes.

O trabalho de montar abrigo avançava. Arrastaram um tronco caído para servir de banco. Recolheram gravetos e folhas secas para começar uma fogueira, mas decidiram só acender o fogo à noite, porque a fumaça não seria visível contra o céu escuro – principalmente, para a comunidade isolada de caiçaras, que não era simpática a intrusos. Sabiam que era proibido fazer fogueira na mata, mas a acenderiam de qualquer maneira, pois precisavam dela para espantar animais e insetos.

O espírito de aventura estimulava uma solidariedade de ocasião. Os três moços carregavam as mochilas uns dos outros, antecipavam-se para ajudar a arrastar, a puxar, a empilhar. Distribuíam as tarefas, cooperavam entre si.

Filipe, de 17 anos, era o mais velho dos três jovens. Alto para sua idade. Atlético. Alegre. Ativo. Era o líder do grupo. Fora dele a ideia de ir para a ilha naquela quinta-feira e de emendar até o fim de semana. Poderiam ter custeado os dias na pousada, mas estavam entusiasmados com a possibilidade de praticar algo proibido; então, decidiram acampar. O barco ficou amarrado em um tronco de árvore, no extremo rochoso da ilha. Sentiam-se Robinsons Crusoés em exílio voluntário – e temporário.

No sábado, Filipe decidiu ir até o centrinho comercial da vila, para comprar alimentos. Os que os rapazes haviam levado estavam no fim, porque planejamento não era bem o forte deles. Também não podiam pedir ajuda, sob pena de que fosse descoberta a sua intrusão. Deixou os amigos e caminhou pela mata. Espantou-se um pouco, por causa da quantidade de capim e de arbustos secos que havia pelo caminho, mesmo já tendo aprendido, na escola, que o inverno é uma estação seca. O sol peneirava luz por entre galhos e folhas, espalhando claridade na trilha. Pássaros barulhentos faziam alarido pelas árvores, reagindo à passagem de uma pessoa, coisa rara naquelas paragens. Apesar do sol, a manhã estava fria. Por isso, a caminhada de mais de uma hora nem incomodou o moço, que chegou à beira da mata ainda bem descansado. Passou ao lado da horta de Ana e admirou a exuberância das alfaces e das cebolinhas. Viu Francisco, agachado, arrancando ervas daninhas do canteiro. Não lhe deu muita atenção. Era só um caiçara trabalhando. Mal sabia que suas vidas iriam tornar-se íntimas em breve.

À porta do mercadinho, limpou bem os pés, sujos da terra úmida, e entrou. Nesse momento, Mara estava saindo com uma sacola de compras. Por pouco, não se esbarraram. Ela chegou a se assustar, mas sua expressão suavizou-se, imediatamente, quando ela pousou os olhos no rosto franco do rapaz. Ele era um tipo alourado, de cabelos elegantemente desarranjados. Usava um brinco discreto na orelha esquerda e tinha a expressão quase zombeteira, com um risinho eterno enfeitando o olhar inteligente. Mara percebeu tudo isso num relance. Recompôs-se, sussurrou um "oi" tímido e se foi.

Filipe não resistiu e voltou à porta, para ver Mara mais um pouco. Antes de virar a esquina, ela não conseguiu evitar. Olhou para trás, furtivamente, e os olhares dos dois se cruzaram. Mara esboçou um sorriso e desapareceu.

Filipe voltou para a mata, com a sacola de compras cheia de mantimentos – e com o coração cheio de um sentimento novo.

10. Noite de sábado

Sem que Mara e que Francisco soubessem, Josefa e os pais da menina haviam montado uma plateia especial para a apresentação de ambos. A sala estava cheia de gente. Seu Osvaldo, da farmácia, a professora Sílvia, o tenente Fernando, da Guarda Costeira, com a esposa, Letícia, duas estudantes de biologia em férias na praia, Carla e Marina, o caixeiro-viajante Bernardo e o médico do posto de saúde, com a esposa, Teresa, e com a filha, Carolina. Até seu Valdemar, da vendinha, apareceu, com o paletó surrado.

Sentados na cozinha, estudando os últimos detalhes da apresentação, Mara e Francisco aguardavam ser chamados. Enquanto isso, conversavam sobre o enredo do filme, que os deixara ainda mais apaixonados pelo cinema. De onde estavam, conseguiam ouvir quem chegava, e cada nova presença era motivo de sobressalto para os dois. Tinham sorte, porque os pais de Mara eram especiais. Revezavam-se para dar atenção a eles, com a desculpa de entrar na cozinha para pegar um suco ou um salgado, e tratavam de os tranquilizar. Finalmente, o relógio da sala bateu oito longas badaladas, e fez-se um silêncio bem-comportado. Josefa adiantou-se, cumprimentou todos e chamou Mara e Francisco. Apesar de estarem um pouco sem graça, via-se que os dois gostavam muito do que estavam prontos para fazer.

Francisco trazia uma grande cartolina, na qual se lia, com letra esmeralda:

Lisbela e o prisioneiro

Ficha técnica
País: Brasil
Lançamento: 2003
Realização: Natasha Filmes/Globo Filmes
Direção: Guel Arraes
Produção: Paula Lavigne
Roteiro: Guel Arraes, Jorge Furtado e Pedro Cardoso
Elenco: Selton Mello, Marco Nanini, Débora Falabella, Tadeu Mello, Virginia Cavendish, Bruno Garcia, André Mattos e Lívia Falcão
Baseado em peça homônima de Osman Lins

Mara empurrou docemente Francisco para o lado e disse:
– A nossa história começa em uma sala de cinema, numa cidade minúscula do Nordeste brasileiro. Meia-luz. Lisbela, uma jovem sonhadora, assiste ao filme, ao lado do noivo. Tem adoração pelo cinema e não perde uma sessão. Ao ver desmaiarem as luzes para o início do filme, ela murmura, mais para si mesma do que para o noivo.

Mara (imitando o sotaque nordestino da atriz do filme):
– Eu adoro esta parte. A luz vai se apagando, devagarinho, o mundo lá fora vai se apagando, devagarinho. Os olhos da gente vão se abrindo; daqui a pouco, a gente não vai nem lembrar que tá aqui.

Francisco adiantou-se um passo, para iniciar sua fala.
– Douglas, o noivo, declara, em voz alta:
(Francisco, tentando, timidamente, imitar o sotaque carioca forçado do ator do filme, tremeu, um pouco atormentado pelos olhares da plateia.)
– Ó, é preto e branco!

Mara retrucou, com doçura, imitando a atriz:

– Eu acho bonito!

Francisco:

– Atrasado de montão. No Rio de Janeiro, só passa filme colorido.

Mara retomou a narração:

– No final da sessão, o namorado faz uma pergunta.

Entrou Francisco, imitando o personagem do filme:

– Como é que ela sabia que o monstro era o galã?

Mara continuou a declamar:

– Não sabia. Mas ela percebeu que o coração dele era bom. Pelos olhos dele. Ela gritou. Apareceram os olhos dele com medo, apareceram os olhos dela, já com menos medo. Aí, apareceram os olhos dele bem de perto, agora tristes. Aí, apareceram os olhos dela, tristes também. Aí, ele baixou os olhos e ficou triste. Aí, ela sorriu, e a música ficou mais alegre. Aí, ela passou a mão no rosto dele, ele ergueu os olhos... ela riu... E, aí, tocou a música romântica. E ela entendeu que podia beijar o monstro.

Francisco, tal qual o ator:

– Um instante. Foi o beijo que transformou ele?

– Foi o beijo e o "antidote".

– "Antidote"?

– É, Douglas. É "antídoto", em inglês.

Mara fez a explicação com um arzinho travesso, e a plateia se deliciou. Em seguida, a moça recuou dois passos e permitiu que Francisco retomasse a narrativa.

Francisco leu o texto em que Leléu, o personagem principal, era apresentado. Contou que era um aventureiro muito gaiato, que enganava as pessoas com boa conversa e com bom humor. Tinha um carro mambembe, vestia uma roupa mambembe, tinha uma conversa mambembe. Vivia de ilusões.

Promovia espetáculos de magia. Exibia o truque da mulher que se transformava em gorila. Prometia a cura da impotência por meio de um elixir que não funcionava, mas que lhe dava a oportunidade de se aproximar das mulheres e de encantá-las. Era como um marinheiro conquistador que deixava uma mulher apaixonada em cada porto por onde passava. Apresentava-se em cada lugar com uma identidade. Numa cidade, acabou deitando-se com uma mulher casada. O marido dela, um famoso matador, chamado Frederico Evandro, era apelidado Vela de Libra, pela mania de acender uma vela, que pesava uma libra, para cada homem que ia matar. Fugiu sem ser reconhecido pelo matador, que passou a seguir sua pista em outras cidades. Sem saber que estava sendo procurado, nosso herói acabou chegando à cidade onde vivia Lisbela.

A plateia se divertia com o desempenho dos dois. Vítor e Valquíria estavam orgulhosos, sem conter o sorriso.

Mara, então, continuou:

— Numa tarde, à saída do cinema, Lisbela decide passar com o noivo pelo circo de Leléu. Ao ver Lisbela, Leléu se encanta. Todo galante, acha um jeito de ficarem a sós e de começarem uma conversa mais íntima.

Iniciou-se um diálogo entre Mara e Francisco, imitando o que os protagonistas do filme, Lisbela e Leléu, dizem.

Francisco:

— Quando a gente ama alguém, o que a gente mais quer neste mundo?

Mara, com ar sonhador:

— É ficar bem juntinho.

Francisco:

— Tão juntinho, tão juntinho, que, como diz o poeta, transforma-se o amador na coisa amada, por virtude do muito imaginar. Não tenho, hoje, mais que desejar, pois já tenho em mim a parte desejada.[2]

Mara mudou de postura, para indicar que retomaria a narração do filme:

— Os dois ficam atraídos um pelo outro. Ela é comprometida; por isso, nada avança. Logo depois, Leléu encontra, num bar, o matador Frederico Evandro, sem que nenhum dos dois saiba quem é o outro. Travam uma conversa. O matador comenta: "Eu venho desde Boa Vista no rastro desse um, atrás de beber o sangue dele. E, agora, vou ficar na tocaia daquele miserável, porque ele deve estar por perto".

Mara fez figura engraçada, fingindo voz grossa e falando como se fosse um homem bravo. As meninas da plateia remexiam-se na cadeira, de tanto rir. Letícia inclinou-se para as duas estudantes, ao lado de quem havia se sentado, e comentou:

— Que legal isso! Parece cineclube da faculdade!

Francisco reassumiu a narração:

— Acontece, depois, um incidente, e Leléu salva Frederico Evandro de ser morto por um touro. Dias mais tarde, Douglas fica sabendo que Leléu está cortejando Lisbela e contrata o mesmo Frederico Evandro para matá-lo. O matador aceita a encomenda, sem saber que a vítima é o mesmo homem que lhe salvou a vida.

Francisco avançou, timidamente, segurou a mão de Mara e disse o texto final da apresentação:

---

[2] O filme refere-se a um soneto de Luís de Camões, cuja íntegra é assim:
Transforma-se o amador na cousa amada,/por virtude do muito imaginar;/não tenho, logo, mais que desejar,/pois em mim tenho a parte desejada.
Se nela está minh'alma transformada,/que mais deseja o corpo de alcançar?/Em si somente pode descansar,/pois consigo tal alma está liada.
Mas esta linda e pura semideia,/que, como um acidente em seu sujeito,/assim como a alma minha se conforma,/está no pensamento como ideia;/[e] o vivo e puro amor de que sou feito,/como a matéria sempre, busca a forma.

— Muitas peripécias acontecem depois disso. E vocês verão também outros personagens: o delegado, que é pai de Lisbela, a ex-amante de Leléu e mulher do matador, Inaura, os soldados e o noivo, Douglas. O filme é engraçado, como um espetáculo de circo. Não queremos tirar a graça do filme, que vai começar daqui a pouco; por isso, não vamos entrar em detalhes sobre o enredo. Mara e eu esperamos que nosso resumo tenha agradado a todos.

Carla, uma das estudantes, não se conteve e deu um assobio alto, com dois dedos na boca. Foi como um sinal para os aplausos.

Começou o filme. No decorrer das cenas, as pessoas foram reconhecendo diálogos e circunstâncias narrados por Mara e por Francisco. Concluída a sessão, Josefa dirigiu-se à plateia e disse:

— Gente, vamos tomar um refresco? É de caju, colhido aqui mesmo no quintal.

A Vítor e a Valquíria, parecia que se descortinava o começo de uma atividade educativa e social interessante. Os dois cochichavam sem parar, planejando novos filmes e novas apresentações.

Mara e Francisco estavam ao lado da mesa de refrescos, orgulhosos. De repente, Mara, carinhosamente, perguntou a Francisco:

— Por que você não sorri nunca?

Ele tentou responder. Mesmo depois da desenvoltura diante da plateia, foi apenas o olhar que revelou que o tempo viria a ser o melhor cúmplice. Abaixou os olhos, com ar de desamparo. Mara não insistiu. Tocou, com delicadeza, o rosto dele e disse:

— Você é lindo.

Francisco só conseguia olhar para o chão. E, de soslaio, para Mara.

Nisso, Valquíria, ali perto, ergueu um pouco a voz, para chamar a atenção das pessoas:

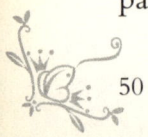

— O que vocês acham de fazer com que este nosso encontro passe a ser semanal? Podemos exibir um filme diferente por semana. E todos podem fazer apresentações, se quiserem. É só combinarem com a Mara e com o Francisco, que são os diretores do nosso cineclube!

As pessoas voltaram para casa, satisfeitas.

Depois das despedidas, Francisco foi embora, sozinho. Sem ninguém olhando, conseguiu sorrir. "Você é lindo, por dentro e por fora", pensava e repetia numerosas vezes. Enrubesceu com a lembrança dos aplausos. Tão tímido, tão dentro do próprio universo, mas conseguiu cumprir sua função ao lado de Mara. Sabia que todo o texto tinha sido preparado com a ajuda dos pais dela e que a única coisa que ele tinha de fazer era ler. Teve medo, mas não se deixou paralisar. Leu. Conseguiu até mais que isso: interpretou. De repente, pensou: "Ela é que é linda, por dentro e por fora". E cantarolou a música de Lisbela: "E agora, que faço eu da vida sem você?". As estrelas, apenas elas, testemunhavam aquele momento. O sorriso de Mara o acompanhava, e, com medo de aquele instante terminar, entrou em casa. Sentado na cama, Francisco, enfim, chorou. Chorou de alegria, de solidão, de vontade de abraçar e de beijar a mãe. Chorou pela covardia de não revelar seus sentimentos. Chorou pela recusa da alma de colocar em dia tanto choro esquecido. E dormiu, acompanhado de sonhos de cinema. A tela da sétima arte é a tela de um mundo que pode ser descortinado a partir de um novo roteiro. Francisco, com o sorriso e com as lágrimas devolvidos, em um singelo casebre, em uma ilha encantada, preparava-se para o amanhecer.

11. Francisco e o poeta

A semana foi atarefada para Francisco. Cuidar da casa, limpar a horta, fazer o seu café e deixar a louça lavada. Depois, seguir, bem cedo ainda, para o atracadouro e cumprir a obrigação de levar e de trazer pessoas e encomendas. Só depois das 4 horas da tarde, conseguia ficar livre; às vezes, apenas com um sanduíche no estômago. A agitação era compensada pelos encontros com Mara, na pousada. Ensaiavam diariamente a apresentação do próximo filme, marcada para a noite de sábado. Viam e reviam o DVD. Depois, escreviam o roteiro da apresentação, sempre orientados, ora por Vítor, ora por Valquíria, que iam observando a evolução de Francisco. Vítor chegara a comentar, em casa, a mudança que se operava no comportamento do rapaz, que, talvez, nem a percebesse. Estava mais feliz. Mais dócil. Ao mesmo tempo, mais arrojado. Falava cada vez mais livremente. E até ensaiava um sorriso.

Seus fregueses de canoa sentiam a diferença – e gostavam disso. Francisco cantarolava baixinho, enquanto remava. Tinha o rosto mais iluminado. O humor é mesmo cultural.

Francisco estava tendo, agora, o reconhecimento da comunidade, algo que ele nunca considerara essencial, mas que estava transformando seu modo de ser.

Embora a internação da mãe o deixasse acabrunhado, a cada visita de domingo, conseguia conviver melhor com a situação. A mulher mal-humorada já não o preocupava mais, porque ele conhecia o caminho e não precisava dela. Ana estava melhorzinha;

porém, ainda sem previsão de alta médica. Na última visita, Francisco a surpreendeu segurando o buquê de flores que ele levara. Ana lançou para ele um olhar de indagação. Nada disse. Era um cofre trancado. Francisco, por sua vez, tinha conseguido deixar que a magia do cinema lhe derramasse na alma algumas cores e novas luzes.

Josefa tratava Francisco e Mara com afeto. Logo à chegada de Francisco para os ensaios, ela servia uma rodada de sucos, leite quente e frio, bolos e pães dos mais variados, café preto fumegante, queijo feito em casa e patês coloridos. A vida tinha gosto de coisas saborosas naqueles dias de férias de julho, um mês inteiro em que Mara podia ficar na ilha.

Os jovens chegaram a uma solução interessante para a apresentação do resumo do filme que haviam escolhido. Decidiram preparar uma síntese toda ilustrada. Em frente ao computador de Vítor, trabalhavam todos os dias, até a hora do jantar. Só paravam ao comando de Josefa. Mara, então, puxava Francisco pela mão, até a sala transformada em refeitório, e eles eram servidos por Raimunda, cozinheira-copeira-faz-tudo. O refeitório, nesse horário, estava ocupado pelos clientes costumeiros ou eventuais da pousada, todos já com as tarefas do dia cumpridas. Às vezes, Vítor partilhava da refeição com Mara e com Francisco e aproveitava para perguntar como estava a apresentação, dando uma ou outra ideia para melhorar o texto. Sugeria frases, ajudando nos escritos de Mara e de Francisco. O rapaz adorava as invenções de Vítor. Nesses momentos, entristecia-se ao pensar em qual teria sido a razão para seu pai tê-lo abandonado. Talvez, a mãe não houvesse se transformado em uma mulher tão infeliz se eles ainda estivessem juntos. Talvez, o pai tivesse ensinado coisas a ele. Pensava na família de Mara como modelo, especialmente porque conversavam muito. Pensava em Ana, que, em seu mundo de dor, esquecia-se de que ele também tinha sentimentos.

Por que ele não dava o primeiro passo? Era a pergunta que surgia. Quem sabe?

No dia seguinte, as ideias que Vítor sugerira ficavam povoando os pensamentos de Francisco. Não via a hora de voltar para a pousada e de colocar no papel as frases que amadurecera durante o dia.

"Nunca desencoraje ninguém que, continuamente, faz progresso, não importa quão devagar." Esse é um ensinamento de Platão, filósofo grego que nasceu três séculos antes de Jesus Cristo. Vítor entendia essa filosofia e a praticava sempre. Fora assim com a filha. Estava sendo assim com Francisco.

Valquíria, naquela semana, foi chamada ao continente, para reuniões de trabalho. Voltaria à ilha só na sexta-feira à noite. Prometeu não faltar no dia do cinema.

O sábado, nesse afã, não demorou a chegar.

12. Aceitação, simplicidade, poesia

Todo dia traz a necessidade de uma nova escalada.

Às 6 horas da tarde, tudo estava pronto. Telão preparado, cadeiras montadas em filas – aliás, o número de cadeiras aumentara, porque outras pessoas estavam se interessando em acompanhar as sessões de cinema.

Valquíria só conseguiu chegar para o almoço de sábado, depois de uma semana trabalhosa no continente. Ainda encontrara tempo de passar na loja de roupas e de comprar presentes para Francisco: calças novas, uma camisa branca e um par de tênis. Será que alguém pode imaginar a felicidade do rapaz quando, logo no início da sessão de cinema, ele começou a distribuir a apostila, de roupa nova? A previsão era a de que as pessoas da plateia tivessem quinze minutos para ler o texto e outros dez minutos para fazer perguntas. Aí, começaria o filme.

Todos leram com interesse o trabalho. Não houve perguntas. Estava claro que o material entregue satisfizera a todos. Josefa levantou-se e disse algumas palavras para marcar o início da exibição.

– "Aceitação" é uma das palavras mais bonitas da nossa língua. Sua etimologia latina remete ao significado de "ter o hábito de receber e de acolher". Portanto, a pessoa que aceita é aquela que sabe receber, perceber, ouvir, conceber, compreender. É fundamental que uma pessoa se aceite como é. Isso não significa que não possa mudar, evoluir, melhorar. Entretanto, deve aceitar sua família, porque foi nessa e não em outra que nasceu. Deve aceitar seu gênero, sua etnia e assim por diante. Deve aceitar que a idade que tem hoje é diferente daquela que já teve, porque o tempo é implacável. Aceitar que o envelhecimento faz parte da vida é imprescindível para a felicidade. Pessoas que não se conformam com as perdas que o tempo traz, como a morte de entes queridos, são amarguradas, e isso acaba se refletindo na relação com as outras pessoas. Há professores que não conseguem entender a juventude como uma fase de boas rebeldias. Há pais que querem transformar os filhos em adultos antes do tempo ou, ainda, que seus filhos sejam iguais aos dos outros. Cada ser é único. É na simplicidade que se percebe essa riqueza. O filme a seguir trata disto: aceitação, simplicidade, poesia.

O material impresso por Mara e por Francisco ficou assim:

Filme: *O carteiro e o poeta*

Beira-mar. Noite fechada. Um homem simples, carregando a tiracolo um imenso gravador de rolo, o equipamento disponível na época em que a história acontece (década de 1940), caminha pela praia de uma pequena ilha escondida no Mediterrâneo, na costa da Itália. Está ocupado em gravar sons da natureza, como o da marola das ondas pequenas e o do clamor das ondas grandes.

O carteiro e o poeta

Ficha técnica
Países: Itália/França
Lançamento: 1994
Realização: Mario & Vittorio Cecchi Gori/Gaetano Danielle
Direção: Michael Radford

Roteiro: Anna Pavignano, Michael Radford, Furio Scarpelli, Giacomo Scarpelli e Massimo Troisi
Elenco: Philippe Noiret, Massimo Troisi e Maria Grazia Cucinotta
Baseado em *Ardiente paciencia*, livro de Antonio Skármeta

Esse homem é Mario. Pobre, de pouca instrução, filho de um pescador ignorante, estava desempregado e se candidatou a um emprego único: o de carteiro exclusivo de um ilustre visitante que fora passar uma temporada na ilha. Era o poeta comunista Pablo Neruda, exilado na Itália por conta da perseguição do governo autoritário do Chile, seu país natal. Como quase não se trocavam cartas naquele fim de mundo, a notícia da chegada do "poeta do amor" obrigou a administração municipal a contratar um empregado extra para entregar a correspondência dele, que ia chegando às dezenas, todos os dias.

No emprego de carteiro, Mario se encanta pela eloquência do poeta, com quem passa a ter um convívio diário, por causa das cartas que chegam e das que devem ir. Com o tempo, atreve-se a rabiscar algumas tentativas de poemas, que, no princípio, enfadam Neruda. Percebendo a persistência do moço e a bondade em seu coração, o poeta decide ajudá-lo. E ensina-lhe a grande chave da poesia: a metáfora.

Exercitando a metáfora, Mario cria algumas linhas românticas, das quais se vale para conquistar a sobrinha da dona da taberna, Beatrice. O próprio Neruda faz uma intervenção teatral para ajudar o pupilo em sua investida amorosa, que, afinal, é coroada com êxito. Mario e Beatrice casam-se e Neruda é o padrinho.

A metáfora visual do filme também é extraordinária. Enquanto está preso às trevas da ignorância, Mario é mostrado a meia-luz, na penumbra de seu quarto miserável. À medida que evolui seu contato com Pablo Neruda, as janelas do quarto vão se abrindo, e a luz entra em sua vida.

Depois de alguns meses, o risco de perseguição política é extinto, com a eleição de um novo presidente para o Chile, e Neruda resolve, então, voltar.[3] Os ilhéus acompanham, sempre com interesse, notícias a respeito do antigo ilustre hóspede. Meses depois da partida de Neruda, ele concede uma entrevista a um jornal. O chefe do correio reúne as pessoas que conviveram com o poeta, para ler a entrevista em voz alta:

– Realmente, adorei a Itália, onde tive, na ilha, uma vida feliz, em completa solidão, entre as pessoas mais simples do mundo. De que mais sinto nostalgia? Nostalgia é uma emoção que só sinto pelo meu país. Mas nunca esquecerei meus passeios pela praia e pelas pedras, onde minúsculas plantas e flores crescem, exatamente da mesma forma que num grande jardim.

Embevecido, Mario pede:

– Continue!

O chefe:

– É só isso.

A tia:

– Ele não nos mencionou!

Mario:

– Por que ele nos mencionaria em uma entrevista? Ele é um poeta. Ele fala sobre a natureza, não sobre as pessoas que conhece.

---

[3] Esse é um filme de ficção, embora registre muitos elementos reais da biografia de Pablo Neruda. A própria amizade com o carteiro Mario nunca existiu – é um exercício de metáfora poética. Neruda esteve realmente confinado em Isla Negra (território do Chile), na década de 1970, mas nunca esteve exilado numa ilha italiana. Embora o filme indique o final da década de 1940 como o tempo de ocorrência dos fatos narrados, a perseguição política remete ao período da ditadura militar de Augusto Pinochet, que começou nos anos 1970 – lembrando que, entre 1945 e 1948, Neruda foi senador da República do Chile por Tarapacá e Antofagasta, pelo Partido Comunista. Depreende-se, também, da narrativa, a eleição de Salvador Allende, um socialista, para a presidência do Chile.

A tia:

– O pássaro comeu e foi embora.

Algum tempo depois, Mario reúne os mesmos amigos, exultante porque chegou uma carta em seu nome. É a primeira que recebe na vida. Ele começa a leitura, como se estivesse em uma solenidade:

– Santiago, 15 de outubro de 1953. Caro senhor.

A formalidade da correspondência é como um banho de água fria sobre todos eles. Mario continua:

– Peço que envie alguns objetos pertencentes ao senhor Pablo Neruda, os quais se encontram na casa em que ele morou durante sua estada na Itália. Seguem endereço e uma lista dos objetos mencionados. A secretária de Pablo Neruda.

O clima de consternação é geral. Beatrice lamenta, tristemente:

– E para você? Nem uma palavra, nem uma saudação, e ele partiu há um ano.

A tia:

– Eu disse! O pássaro comeu e foi embora. As pessoas só são gentis quando se é útil para elas.

Mario reage, com uma doce amargura na voz:

– Útil? O que eu fiz para essa pessoa? Na verdade, era sempre eu que pedia: "Dom Pablo, poderia checar esta metáfora? Dom Pablo, poderia ler este poema?". Era eu quem incomodava. E você diz que eu é que era útil. O que foi que eu fiz? Ele sabia que eu não era um bom poeta. Ele sabia, entende? E mesmo assim me tratou como um amigo. Como um irmão. Como poeta, não sou muito bom. Como carteiro... Ele dificilmente se lembraria do carteiro que levava suas cartas quando ele morava na Itália.

No dia seguinte, Mario atende ao pedido da secretária de Neruda. Empacotando as coisas do poeta, encontra um gravador de rolo e decide fazer as gravações que mencionamos no início, como uma homenagem ao amigo famoso. Põe-se em campo para registrar os sons que sabia terem se tornado caros ao poeta, a fim de enviá-los a ele, como um presente. Essa é a cena que descrevemos a seguir.

Em frente ao mar, auxiliado pelo chefe do correio, que carrega o gravador sobre um carrinho de bebê – para que não se molhe –, Mario começa.

– Um, dois, três. A luz vermelha está ligada?

– Sim, está.

Mario aponta o microfone para a água do mar, que morre na areia, aos seus pés:

– Número 1: ondas de Cala di Sotto. Pequenas.

Outra cena:

– Número 2: ondas grandes.

Outras:

– Número 3: vento nos penhascos.

– Número 4: vento através dos arbustos.

– Número 5: redes tristes de meu pai.

– Número 6: sino da Igreja de Nossa Senhora das Dores. Com o padre (*que chega esbravejando contra o toque do sino fora de hora*).

– Como é lindo! Nunca me dei conta de que era tão lindo. Número 7: céu estrelado sobre a ilha.

Outra cena, com o microfone encostado na barriga de Beatrice:

– Número 8: coração de Pablito.

No último trecho da gravação, Mario diz ao poeta:

– Também quero dizer que escrevi um poema. Não poderá ouvi-lo, porque estou envergonhado. Chama-se *Canto para Pablo Neruda*. Mesmo sendo sobre o mar, é dedicado a você. Se você não tivesse entrado na minha vida, eu nunca teria escrito isso. Fui convidado para lê-lo em público. E, mesmo sabendo que vou gaguejar, ficarei feliz. E você ouvirá o aplauso das pessoas quando elas ouvirem o seu nome.

Corte para outra cena. Neruda caminha pela mesma praia que frequentava, na ilha italiana. Está triste. Mario Ruoppolo morreu. Nem sequer tivera tempo de ler o seu poema em público.

• • •

Terminado o filme, ainda se ouviam algumas fungadas, de gente que chorava. É mesmo uma obra emocionante, docemente triste.

Francisco levantou-se e começou a dizer:

— Massimo Troisi, o ator que interpreta Mario, o carteiro, e também coautor do roteiro, morreu apenas um dia depois do fim das filmagens. Não chegou a testemunhar o sucesso do filme em todo o mundo.

Ouviu-se um murmúrio na plateia.

Josefa deixou passar o instante de comoção e perguntou:

— Alguém quer dizer alguma coisa sobre o filme?

Letícia, a esposa do tenente Fernando, psicóloga de carreira, levantou a mão.

— O filme comove pela simplicidade e pela capacidade do carteiro de entender o poeta. Ele leva a um ponto importante nas relações humanas: as projeções. Por que o poeta deveria escrever uma carta para Mario? É claro que seria ótimo se o fizesse, pois Neruda demonstraria ser um homem grato, gentil. Mas, não o fazendo, isso não retira a importância do poeta na vida de Mario. Viver de projeções é transformar a vida em um inferno. Quem espera reconhecimento o tempo todo, quem espera que o outro elogie, agradeça, homenageie, quem faz algum gesto aparentemente generoso buscando o aplauso, não faz nada para ninguém nem para si mesmo — a não ser buscar o sofrimento.

Na manhã seguinte, no refeitório da pousada, Josefa mandou colocar, logo na entrada, alguns cartazes:

Pais que não aceitam os filhos sofrem porque não entendem de diferenças. Qualquer que seja a opção de vida do filho, ela precisa ser respeitada. Alguns pensam que o chicote corrige. Ledo engano.

Aceitar não é ser complacente com o erro. Pelo contrário, é entender o que deve ser mudado e caminhar cuidadosamente pelas novas sendas. As sendas da compreensão e da transformação.

A simplicidade é o último degrau da sabedoria, e a generosidade, a cachoeira límpida que jorra abundantemente sem esperar reconhecimento.

O ser humano tem a vocação de fogo. Fogo que ilumina, que aquece e que embeleza. Fogo que transforma. Fogo que faz encontrar quem estava perdido.

13. Fogo!

O domingo começou agitado para os três companheiros do acampamento na mata. Filipe ainda estava com sono, depois de ter ficado até tarde pensando na moça loura que encontrara no mercadinho. Não sabia como se chamava, se era turista ou moradora, se voltaria a vê-la. Tinha ficado com excelente impressão dela. E estava absolutamente convicto de que ela pensava nele também. Achava-se o mais interessante dos seres humanos e duvidava de que alguma mulher pudesse ser capaz de resistir ao seu olhar cortante.

Arrumadas as mochilas, guardada a barraca, faltava só apagar totalmente os restos de fogueira, cujo brasido, debaixo das cinzas, emanava ainda um calor gostoso. Jorge, o responsável pela tarefa, ficou para trás, catando restos de civilização que haviam levado, como embalagens de biscoito e papéis de bala.

Filipe e o outro companheiro andaram cerca de dez minutos até o barco. Estavam guardando a bagagem quando ouviram gritos do amigo. Assustaram-se e puseram-se a correr de volta para o local do acampamento.

Jorge estava aproveitando as últimas brasas para queimar algumas embalagens. De repente, surgiu um fogo bem ativo das cinzas aparentemente adormecidas. Esquecera-se, é claro, de que a fumaça poderia denunciar a presença deles. Ao dar-se conta disso, tratou de encontrar uma forma de apagar o fogo rapidamente. Não teve tempo. Ao abraçar um maço de folhas úmidas para jogá-lo sobre as brasas e sufocar o fogo, Jorge quase pôs a mão em uma cobra, escondida por ali. Com o susto, escorregou num galho grande, no chão, que deslizou para a fogueira e espalhou brasas e fogo para todos os lados. O mato seco prontamente se incendiou, em vários pontos. Jorge ainda levou um pequeno tempo tentando localizar a cobra, antes de correr para apagar os focos de queimada. A perda de tempo foi crucial. Quando começou a bater com folhas verdes nos pontos de fogo, para apagá-los, já eram muitos. Enquanto ele trabalhava para apagar um foco, as chamas aumentavam em outro lugar e, logo, ele estava impotente para extinguir o fogo sozinho. Começou a gritar por socorro.

Filipe e o amigo não demoraram a chegar. Mas já era tarde. O fogo crepitava, levantando cortinas de fumaça branca. Sem equipamentos, apanhavam folhas para tentar abafar os focos de incêndio. O fogo era mais rápido do que eles. E toda a clareira estava ardendo em pouquíssimo tempo.

Vítor foi o primeiro a observar a fumaça, da praia. Adivinhou o problema e correu para a mata, gritando por ajuda no caminho. Não demorou para se juntarem a ele mais de vinte homens, com abafadores, facões e enxadas. Alcançaram a clareira e se puseram a fazer trilhas, para interromper o caminho do fogo. Animais fugiam apavorados, tanto quanto estavam Filipe e os amigos, já enegrecidos de fuligem, cansados e culpados. Foram necessárias mais de duas horas de intenso trabalho para dar fim ao desastre.

Vítor até tentou ser compreensivo com os jovens, mas estava muito bravo pela inconsequência deles. Até começou um sermão, mas logo se interrompeu, ao ver o braço de Jorge ensanguentado. Na tentativa de combater o fogo, o jovem havia esbarrado na ponta de um galho. Vítor arrancou imediatamente o agasalho, cobriu o moço e o conduziu à vila.

Os moradores estavam alvoroçados, esperando notícias. Vítor passou por eles sem dizer nada e correu para a lancha. Embarcou, com o jovem, e seguiu para o hospital. Filipe e o amigo chegaram ao cais apenas em tempo de ouvir o biólogo dizer para a filha:

— Leve estes dois à pousada e providencie para que tomem banho e para que comam alguma coisa. Volto logo.

Mara reconheceu Filipe imediatamente. Apesar de sujo e de maltratado, e com todo o susto por que passara, o jovem ainda guardava a aparência agradável que chamara a atenção da moça. Ela os convidou para irem à pousada, onde deveriam esperar notícias.

No caminho, Filipe e Mara se apresentaram. Ele, constrangido por saber que a vila toda o considerava um intruso incendiário; ela, constrangida por saber que estava sob os olhares de todos. Bem que ela já se imaginara começando uma conversa com o moço, em outra situação, mais normal e, quem sabe, até mais romântica. Mas havia um sentimento surgindo entre eles. O coração de Mara palpitava. A palma das mãos de Filipe suava. Fizeram silêncio. Mara passou a contemplativa, e Filipe era só imaginação. Faria alguma coisa com ela, certamente que faria; era isso que pensava enquanto sentia o cheiro de Mara e observava a sensualidade de suas mãos, que não cansavam de jogar o cabelo para um lado e para o outro.

14. Recordações de uma professora

Josefa andava animada. A organização das sessões de cinema, aos sábados, trouxera uma vivacidade nova para a rotina da pousada. Não tanto pelo aumento da clientela – o que, em si, já era bastante bom –, mas, sim, porque seu estabelecimento se tornara o centro de debates de suas duas paixões: o cinema e a educação.

Em um momento de tranquilidade, aproveitou o intervalo que o frio concedera para se sentar na varanda e para se entregar a rememorações do seu tempo de professora. Desfilavam pela sua mente rostos de alunos envolvidos em situações de alegria, de entusiasmo, de tristeza, de carinho e até de decepção. No balanço geral que a memória lhe permitia, Josefa sentia uma infinita saudade de suas classes, de seus alunos. Pensou consigo mesma: "A vida prega peças e nos conduz, muitas vezes, a lugares diferentes daqueles em que gostaríamos de estar. Como disse o poeta Vicente de Carvalho, a felicidade está onde a pomos, mas nunca a pomos onde nós estamos".

O pai de Josefa morrera poucos anos antes, deixando a pousada para ela administrar. Abandonar a carreira de professora, na época, foi muito difícil, mas vender a pousada que o pai construíra, sempre com muita dedicação e com muito trabalho, teria sido ainda mais doloroso. Depois de pensar longamente, decidiu-se pela pousada; não se arrependia, apesar da saudade dos alunos.

E, agora, essa ideia do Vítor alegrava novamente sua vida. Era professora de novo!

Passou-lhe pela lembrança um belo filme – *O rei e eu*[4] –, a que assistira muito tempo antes e que lhe ficara na memória, como uma espécie de profissão de fé. Recostou-se para gozar melhor o filme, que vinha todo à sua lembrança. Era como se estivesse sendo projetado novamente, em sua frente, numa tela imaginária.

O cenário de *O rei e eu* que mais marcou Josefa é o do saguão principal do palácio real, onde se reúnem o rei, seus filhos e uma mulher. A suntuosidade é estonteante. A mulher é alguém que mudará, para sempre, com sua firmeza humilde, o reino do Sião – que se tornou a atual Tailândia, em 1949.

Josefa lembrou-se de que o filme é baseado em um fato real. Trata-se da história da viúva galesa Anna Leonowens (interpretada por Deborah Kerr), que, em 1860, vai a Bangcoc com seu filho pequeno para exercer o ofício de professora dos filhos do rei do Sião (este, interpretado por Yul Brynher). Num contexto desses, o choque de culturas é inevitável e desencadeia divergências entre a professora e o rei. Divergências estimuladas veladamente pelo ministro de Estado siamês, que atua para que o soberano mantenha a influência ocidental fora da corte. Uma crise é aberta em decorrência da execução de Lun Tha, amante da escrava Tuptim, que havia sido presenteada pelo rei da Birmânia (país asiático que, atualmente, se chama Mianmar e que faz divisa com a Tailândia e com a China). Por causa dessa questão, Anna toma a decisão de retornar ao seu país. Pouco antes de embarcar, recebe a notícia de que o rei estaria morrendo. Decide, então, permanecer no Sião para

---

[4] *O rei e eu* (ficha técnica da primeira versão, lançada em 1956). País: EUA; direção: Walter Lang; produção: Charles Brackett; roteiro: Ernest Lehman; música: Richard Rogers. Elenco: Deborah Kerr, Yul Brynner, Rita Moreno, Martin Benson, Terry Saunders e Rex Thompson. Baseado em *Anna and the king of Siam*, musical de Margaret Landon. Uma refilmagem, *Anna e o rei,* foi lançada em 1999, tendo Jodie Foster no papel principal.

ajudar o primogênito do rei, o príncipe Chulalongkorn, a reger seu povo.

O espírito da professora falou mais alto, e ela se sentiu em sala de aula: "'Tailândia' quer dizer 'terra dos homens livres'. 'Thai' significa 'livre', em tailandês, e é o adjetivo gentílico aplicado a esse país e a seus habitantes – cultura 'thai', língua 'thai', habitantes 'thais'".

Na cena que Josefa rememorou, Anna está reunida com os príncipes. Em substituição a uma carta geográfica de dimensões distorcidas existente na corte, que atribuía ao Sião tamanho maior que o devido, Anna apresenta a seus alunos um novo mapa, atualizado, criado na Inglaterra. A revelação do tamanho real do território siamês causa reações indignadas entre os filhos do rei, que, em princípio, entendiam que seu país tinha sido depreciado em relação aos demais. Anna contra-argumenta, mostrando que a Inglaterra tem dimensões territoriais menores que as do Sião. E, para conquistar a confiança dos alunos, revela como o conhecimento pode aproximar as pessoas.

Josefa lembrou-se de que a cena é encerrada com Deborah Kerr interpretando uma das mais sublimes composições de Richard Rodgers e de Oscar Hammerstein II, *Getting to know you*. A música está inserida num diálogo, que se desenvolve a partir desta fala de Anna:

– Um mapa novo acaba de chegar da Inglaterra.
Chulalongkorn:
– Não estou vendo o Sião!
Anna:
– É o branco.
Chulalongkorn:
– O Sião não é tão pequeno!
Anna:

— Pois espere, deixe-me mostrar a Inglaterra. Viram? É ainda menor que o Sião.

Classe:

– Ah!

Anna:

– Antes que eu chegasse, o Sião era, para mim, só aquele pontinho branco. Agora, que estou aqui há vários meses, ele se tornou muito mais que isso, porque conheci o povo do Sião e estou aprendendo a compreendê-lo.

Um dos alunos:

– Gosta de nós, senhora Anna?

Anna:

– Sim, gosto muito de vocês, gosto muito mesmo.

Anna, cantando:

– *É um velho ditado,*
Mas um pensamento sincero,
Que, se você é professora,
Aprenderá com seus alunos.
Como professora, tenho aprendido,
Perdoem-me se me gabo,
E, agora, tornei-me especialista
No assunto que mais me agrada:
Conhecer vocês.

Classe:

– Ah!

Anna, cantando:

– *Conhecer vocês,*
Conhecer tudo sobre vocês.
Gostar de vocês,
Torcer para que gostem de mim.
Conhecer vocês,
À minha maneira,
Mas com delicadeza.

Vocês são exatamente
Meu prato preferido.
Conhecer vocês,
Sentir-me livre e despreocupada.
Quando estou com vocês,
Saber o que dizer.
Não perceberam?
De repente, estou alegre e feliz
Por causa de todas
As coisas novas e lindas
Que estou descobrindo sobre vocês,
Dia após dia.

Josefa recostou-se na poltrona, deu um suspiro e comentou para si mesma:

– Meu Deus! E isso começou como uma aula de geografia!

15. Preparando a expedição

O assunto do jantar, como não poderia deixar de ser, foi o incêndio. Os dois moços tinham sido levados para o continente pelo tenente Fernando, na lancha da Guarda Costeira, com o barquinho a reboque. Foram mudos e cabisbaixos. Na praia, juntaram-se a Jorge, medicado e com o braço em uma tipoia. Ganharam um sermão do tenente, e ficou nisso. Não houve queixa oficial, porque o susto já havia sido considerado uma grande lição. Não era necessário mais que isso para que aprendessem.

Na pousada, Vítor lamentou o ocorrido e avisou que seria necessário avaliar melhor o estrago e, assim, decidir as providências para recuperar o que o incêndio destruíra. Algumas pessoas se ofereceram para compor uma expedição na manhã seguinte – entre elas, as duas estudantes de biologia, Carla e Marina. O jantar transcorreu como uma aula. Vítor fez uma série de ponderações teóricas sobre a degradação pelo fogo, abordando providências indicadas de reflorestamento, tipos de solo, regime de ventos, sedimentação, perspectivas de chuvas, acidez prejudicada pela alcalinidade das cinzas, transplantes de espécies, guarda de animais. Valquíria interveio algumas vezes, para fazer observações baseadas na sua experiência em botânica. As estudantes ouviam com interesse, recordando as aulas na universidade, cada vez mais ansiosas para pôr em prática o que sabiam, e imaginando o quanto aprenderiam com esses dois profissionais.

Os clientes da pousada acompanhavam a discussão com interesse e com entusiasmo. Um ou outro dava palpite, ainda mais que todos eram pessoas acostumadas a viajar. Como se sabe, quem viaja observa, se relaciona, vê coisas diferentes, pessoas diferentes, culturas diferentes. Aprende com a diversidade.

Na hora da sobremesa, tudo já estava programado para a manhã seguinte. Josefa retirou-se para a cozinha e foi preparar um lanche para os expedicionários levarem. Os outros se retiraram para a sala e se puseram a conversar em torno da lareira. Novamente, o fogo tornou-se o assunto central da conversa. Em determinado momento, Marina lembrou-se de um filme em que um incêndio define o destino dos personagens. Ninguém mais tinha visto *A voz do coração*,[5] e pediram que a moça contasse a história.

— Bem, para entender a importância do incêndio, é preciso que eu conte a história desde o começo. Trata-se de um professor que acaba de ser contratado para lecionar em uma escola especial para crianças infratoras, no interior da França. A história se passa por volta de 1940.

— Durante a guerra? — perguntou Valquíria.

— Possivelmente. Mas o filme não aborda a guerra. O enredo é sobre o trabalho desse professor em uma escola que só tem alunos difíceis de lidar. E como ele consegue melhorar os meninos, com sua gentileza!

— Deve ser bonito.

— É lindo! — garantiu Marina. — Começa em um corredor da escola, por onde o professor Clément chega à porta da sala de aula. Lá dentro, os alunos fazem algazarra. Logo na entrada, ele tropeça e deixa cair a pasta. Um garoto a apanha e a atira para

---

[5] *A voz do coração*. Países: França/Suíça; lançamento: 2004; direção: Christophe Barratier; produção: Jacques Perrin e Didier Flammand; roteiro: Georges Chaperot e René Wheeler. Elenco: Gerard Jugnot, François Berléand, Jacques Perrin, Jean-Baptiste Maunier e Kad Merad.

os outros. A pasta é jogada de mão em mão, para desespero do professor. Um mau começo. Crianças hostis, indisciplinadas. Mas o talento musical do mestre e a sua bondade vão superar as resistências.

– Ser professor é passar a vida inteira num exercício de criatividade, para motivar os alunos – comentou Josefa, voltando da cozinha e sentando-se perto da lareira para acompanhar a narração.

– É mesmo – concordou Marina. – Há uma cena do filme em que o professor, ao voltar para a sala, surpreende o aluno que havia deixado em seu lugar, para vigiar a classe, desenhando na lousa uma caricatura dele. Não perde a compostura. Apanha o giz e desenha, ele próprio, uma bela caricatura do menino. A classe cai na risada, e é o primeiro sutil triunfo do professor. Com pequenas ações como essa, ele vai conquistando os alunos, embora durante muito tempo as hostilidades não cessem. Em outro momento, surpreende os alunos cantando versos de protesto contra ele. Em vez de se aborrecer, aproveita a oportunidade para mostrar como eles são desafinados e começa a orientá-los, para que cantem melhor. Os alunos se entusiasmam tanto que aceitam a proposta do professor de formarem um coral.

– Parece meio bobinha, essa história – disse um dos clientes da pousada, talvez com sono.

Marina rebateu, de pronto:

– Ah! Não é, não! Ouça o resto. Começam os ensaios, e o progresso é visível. O diretor da instituição, senhor Rachin, é contra o coral e se torna outro obstáculo para o professor. Essa nova circunstância concorre para aproximar os alunos do mestre e para aumentar a simpatia entre eles.

Vítor levantou-se, devagar, para não desviar a atenção dos ouvintes, e foi até o aparelho de som. Escolheu um disco de música erudita e deixou-o tocando, bem baixinho. Todos aprovaram a ideia.

Marina prosseguiu.

– A história continua, com os tropeços e com os avanços do grupo, sendo o principal deles o descontentamento do senhor Rachin, o diretor, que fica irritado com um roubo que ocorre na escola e manda cancelar o coral. Clément, contrariado, não se dá por vencido. Passa a ensaiar o coral no dormitório, à noite. Viram músicos clandestinos. Percebendo que os alunos, no verão, ficam tristes em sala por não poderem sair do internato, consegue programar uma excursão ao campo. Nesse dia, enquanto todos estão fora, o internato é incendiado e toda uma ala é destruída. Considerando que o professor havia deixado o local desprotegido, o diretor o demite.

Marina fez uma pausa. Depois, completou:

– A respeito do momento de sua saída, diz o professor em seu diário: "Eu esperava que os alunos desobedecessem às ordens e viessem se despedir. Nem pensar. A sabedoria desses meninos parecia estar na indiferença". Ao dobrar a esquina, do lado de fora do prédio, observa dezenas de papéis, dobrados como aviõezinhos, no chão. Em cada um deles, há uma mensagem de despedida dos alunos. Olha para cima. A cena é comovente. Clément, parado na rua, com os olhos fixos nas janelas da sala de aula, logo acima, enquanto chovem sobre ele novas mensagens de carinho. Um momento marcante de um professor que soube ler a alma dos alunos. Fim.

Alguém se admirou com a memória dela para contar tantos detalhes do filme. Marina respondeu:

– É que a história foi marcante para mim. Mostrou como é ridícula a atitude de certos professores, até mesmo na nossa universidade, não é, Carla? Chegam cheios de si e comentam: "Hoje, botei três alunos para fora da aula". Ou então:

"Dei zero para a classe inteira". Como se isso fosse motivo de orgulho...

Josefa aproveitou a deixa e deu um depoimento de professora:

— Realmente, Marina, não é assim que se educa. É evidente que os alunos precisam de limites, e limites nascem de uma relação madura que o professor deve ter com eles. É claro que não é fácil. Quantos professores chegam a uma sala de aula, como esse do filme, abertos para a conquista de seus alunos, desejosos de manter uma relação afetiva e competente, mas encontram uma sala fria, desconfiada? Os alunos, por sua vez, agem assim porque não foram suficientemente educados pelos pais. Se o professor opta pela prepotência e pela arrogância, acaba por criar uma barreira difícil de ser superada. Se é frouxo, não conquista a confiança nem a admiração dos alunos. Precisa do famoso meio-termo aristotélico, de bom senso. O professor tem de saber que é um referencial. Isso não significa que não deva amar seus alunos. Trata-se, entretanto, de um amor maduro, de quem tem mais experiência e, portanto, tem algo a acrescentar nessa boa semeadura. O aluno, quando se sente amado, respeitado, transforma-se. Eu tenho histórias tão lindas de superação... Alunos que se sentiam burros, que tinham pouco entusiasmo e que passaram por uma verdadeira metamorfose. Eu tenho saudade desse ofício. Do desafio de tocar na alma e de ensinar a voar. Tenho saudade, sim. Nunca fui ingênua a ponto de desconsiderar as tempestades. Mas nunca fui cega diante do arco-íris. É de encantamento que os professores precisam.

— A conversa está boa, pessoal, mas temos de acabar de arrumar as tralhas para amanhã — avisou Vítor.

E a noitada encerrou-se. Mara e Francisco tinham perdido o sarau. Ficaram conversando na pracinha.

16. O despertar do amor

Francisco não entendia claramente o que se passava com ele quando estava ao lado de Mara. Era um ficar à vontade combinado com um constrangimento inexplicável. Gostoso, bom, embora com um traço de culpa que ele não compreendia bem. Distante dela, sentia ansiedade por encontrá-la. Perto dela, era outra a ansiedade, uma expectativa grande, sobre o que viria no minuto seguinte. Não que ela fosse impetuosa e mudasse de atitude a todo momento. Ao contrário, era moderada nos gestos e nas palavras. É que cada movimento seu tinha uma graça própria.

Ele não teria colocado desta maneira, mas a forma de Mara menear a cabeça para acomodar os cachos era digna de um registro cinematográfico em *close*. Era, realmente, uma moça charmosa. Seu andar era solto, firme e, ao mesmo tempo, gracioso. Os gestos largos, a despeito da delicadeza do corpo, davam uma sensação de aconchego, de proximidade. O movimento da boca, em forma de riso fácil, era encantador. Dentes brancos e homogêneos, emoldurados por lábios rosados, não muito finos nem muito carnudos. Francisco conversava com ela, hipnotizado pelos movimentos suaves daqueles lábios, extasiado pela voz, educada e harmoniosa. Tinha, também, um toque especial em sua pele, clara e luminosa. Francisco sentia um colossal orgulho de poder usufruir aquela convivência. Havia algo a mais nela, que o impressionava. Mara exalava um aroma natural. Os cabelos cheiravam a flores. As mãos e as roupas eram delicadamente perfumadas. Tudo nela evocava a estesia do olfato. Acima de tudo, estavam o carinho da voz, a compreensão da escuta, o acolhimento, a generosidade, a bondade, a boa intenção, a afabilidade, a alegria. Mara era uma pessoa alegre.

Embora tivesse tido uma educação informal muito boa, Francisco ressentia-se da falta de escola. Fora do ambiente escolar havia muito tempo – ia completar 18 anos no dia de Natal –, ele tinha se acostumado a um relacionamento restrito aos fregueses da canoa, gente boa e generosa, com quem aprendia muito, e ao convívio com a mãe, com quem a ausência de diálogo era uma constante. Às vezes, surpreendia-se com a mãe cantando durante os afazeres. Cantigas tristes, principalmente. Era raro. No mais das vezes, as frases que Ana dizia a Francisco se resumiam a ordens.

Com Mara, era diferente. Ela perguntava muito – meu Deus do céu, como ela perguntava! Queria saber do que ele gostava, das experiências que tivera, se ia chover, o que ele achava dos pais dela, se percebera o vestido novo que ela estava usando, o que ele esperava do futuro.

"Futuro", uma palavra tão enigmática. Nunca fizera esse questionamento para si mesmo. Vida, para ele, era aquilo ali mesmo, canoa pra lá, canoa pra cá, mãe na horta, limpeza da casa, uma comprinha, quem sabe um passeio no continente. Só isso. De que mais poderia ser feito o seu futuro? A menina insistia. Futuro é uma vida que a gente imagina que seja, e planeja e trabalha para torná-la realidade. Quando chegasse o futuro, não seria mais, porque viraria o presente, e outro futuro seria construído na cabeça e nos planos da gente. No início, ele não entendeu. Depois, compreendeu, mas achou bobagem. Mara vivia em outro mundo, era sonhadora, ia demais ao cinema, tinha dinheiro, tinha os pais. Mas...

O primeiro filme que Mara lhe contara, *Cinema Paradiso*, despertara nele o real sentido do que a moça chamava de futuro. Francisco projetou-se em Totó e sentiu todo o impacto da consciência de que até aquele menininho, desprovido de qualquer possibilidade, sem pai, com a mãe pobre e amargurada, aprendeu uma coisa bela, viveu uma infância bem feliz e conseguiu sair da ilha italiana para outro lugar. Cresceu, ficou moço e voltou à ilha apenas para passear e para se lembrar da infância. O exemplo de Totó ficou de tal modo impregnado em sua mente que Francisco passou a sonhar, de dia e de noite, com outras possibilidades. Era como se estivesse vivendo em uma caverna, ou em uma tapera escura e de portas fechadas, achando que a vida era só aquilo. Parecia-se também com Mario, o personagem de *O carteiro e o poeta*, antes de conhecer Neruda, encerrado em sua casa, nas noites escuras, ouvindo as lamúrias do velho pai, sem objetivo e sem sonho. De súbito, um vento arrancava o telhado e uma parede de tapera, e ele enxergava, ao longe, uma cidade, com luzes, música, brilho. O horizonte estendia-se até o ponto mais distante que ele podia enxergar. Um novo horizonte.

Numa noite, sonhou mesmo, um sonho de verdade, durante um sono incomumente profundo. Estava chegando à ilha a bordo de uma canoa. Não a sua canoa, usada e artesanal, mas uma novinha em folha, tão luzidia que até ofuscava os olhos. A água, ao redor dela, resplandecia, como se iluminada por milhares de pequenos sóis. Ele ia se aproximando da praia e via alguém, ao longe, acenando com alegria. Desceu, puxou a canoa para um lugar seguro e dirigiu-se a quem o chamava. Era uma mulher. Não a reconhecia. À medida que chegava mais perto, percebia o vestido simples, branco, com um cinto cor-de-rosa. A mulher sorria e lhe estendia os braços. O Francisco do sonho apressou-se, acercou-se da mulher e abraçou-a, com um grande carinho. Beijou-lhe o rosto e afastou-se um pouco, para ver quem era. Com um susto, viu o rosto da mãe. O mesmo semblante sereno de outrora, do tempo em que ela ainda cantava. Sentiu uma grande ternura aquecer-lhe o peito, como se fosse um agradecimento, e, ao mesmo tempo, uma aceleração das batidas do coração, como se previsse que algo ruim estava para acontecer. No sonho, ainda, fechou os olhos, apertando-os bem para tentar dissipar a visão. Quando os abriu, a mulher que abraçava era Mara. Acordou, agoniado. A casa, ainda vazia, porque a mãe continuava internada. E ele demorou um pouco para entender os sentimentos que tomavam conta dele no sonho. Estranhou haver sonhado com a mãe naquela atitude alegre e carinhosa. Só de lembrar-se disso, assomou-lhe uma sensação indescritível de solidão e de abandono. Encolheu-se na cama, amargurado. E chorou. Tinha aprendido a desabafar suas emoções. E, ali, sozinho, não havia por que usar máscaras. Estava acostumado a se achar um homem, mas não passava de uma criança. Chorou por um longo tempo, sentindo frio no corpo e na alma. Acabou por dormir novamente. Acordou, sobressaltado, com as luzes da manhã invadindo as frestas da janela. Pulou da cama e foi preparar o café. Tinha uma viagem marcada para o continente. Foi só depois do almoço que voltou a se lembrar do sonho, revivendo a emoção que tomara conta dele à noite. Então, lembrou que a segunda mulher que ele abraçara no sonho havia sido Mara, a Lisbela de quem ele já era prisioneiro.

Naquela tarde, ele percebeu que havia sonhado com as duas pessoas mais importantes da sua vida.

17. O encontro com a mãe

Francisco foi visitar a mãe. Vinha sendo perseguido pela sensação de que, talvez, fosse a última vez que a veria.

A transformação de Francisco era notória. Era, de fato, um jovem bonito. O corpo, bem torneado, pelos exercícios constantes do remo. A pele, bronzeada. O cabelo, revolto, pela amizade cotidiana com o vento. E, agora, o sorriso que, subitamente, surgia para lhe fazer companhia, sobretudo quando pensava em Mara. Os filmes o habitavam, como também as histórias que vivenciava. Observava as pessoas nos filmes, emocionava-se, enternecia-se, enfurecia-se, entusiasmava-se. Entretanto, para que as coisas penetrassem, definitivamente, em seu coração, precisaria vivê-las. Assim é a pedagogia da vida. É preciso entender a mensagem. O arrogante acha que, como sabe tudo, não há mais nada para aprender com ninguém. Por isso, a humildade é uma atitude poderosa, que impulsiona a aprendizagem. Francisco aprendera a humildade.

Na véspera, participara do grupo que saíra em expedição para verificar a área do incêndio. Fora um dia intenso. Observara, com admiração, a competência profissional de Vítor, que se movia pelo terreno como se tivesse nascido na ilha. Atingir esse grau de habilidade e de conhecimento era algo impensável para ele. Imaginava que só lhe restava aplaudir esse homem. Não se atrevia a pensar que, canoeiro pobre, filho da vendedora de hortaliças, pudesse, um dia, chegar perto de ser como Vítor. Contentava-se em ter sido admitido no meio dessas pessoas, preparadas, desenvolvidas. Sentia-se satisfeito apenas pelo fato de poder conviver com esse grupo.

Na sua maneira algo ingênua de entender o mundo, achava que havia pessoas perfeitas. Não é verdade, porque cada pessoa tem o seu quinhão de pecados e de erros. No entanto, Francisco estava em um momento de admiração. Pensava em Valquíria, linda, de roupas bonitas e de gostos refinados. Mara, delicada e bela. Mara. Mara. Que sensação boa pensar nela. Deixou que o coração comandasse o cérebro. Não se atrevia a imaginar nada mais que amizade com ela. Não ousava pensar em amor, em beijos, em namoro. Até sacudiu a cabeça, como se pretendesse afastar uma tentação abusada, que teimava em se apossar dele. O mar, à frente, aberto e sem fim, dava-lhe o isolamento de que precisava para deixar o pensamento fluir. E deixou-se ficar num abraço imaginário, absorvendo com toda a força o perfume dela. Nos braços de Mara, sentia que ela, com uma das mãos, afagava-lhe os cabelos. Foi tomado por um prazer novo, aconchegante. Um respingo do remo, ao bater numa onda, despertou-o do sonho. Sentiu certo incômodo por ter se permitido essa liberdade com a amiga. Mas, lá no fundo, ficou feliz.

Chegou bem cedo ao hospital. Estava excitado com as aventuras da semana.

Passou, de novo, por todas as etapas da burocracia do atendimento, com essas coisas de plantão, de folgas, de férias, com o fato de, cada vez que ia ao hospital, haver uma pessoa diferente para atendê-lo. E com dificuldades novas para vencer. Não questionava. Aliás, nem sabia que podia questionar alguma coisa. Achava que as pessoas lhe faziam um favor deixando que ele visitasse a mãe. A mulher mal-humorada não estava; pelo menos, ela já o conhecia. Em seu lugar, havia outra senhora, muito faladeira, que contava para a faxineira uma história interminável a respeito da reforma de sua casa, do marido que bebia o dinheiro dos tijolos, da filha que não trabalhava e que vivia se apoiando nela. Gastou um tempo considerável na conversa, enquanto pessoas se acumulavam na fila. A posição de todos eles, até mesmo a de Francisco, era de espera, porque estavam acostumados a esperar. Assim, esperou. Foi autorizado, afinal, e dirigiu-se ao corredor onde estava a mãe. *Estava*, antes, porque agora não estava mais. Assustou-se. Queria saber para onde ir e não sabia como nem a quem perguntar. Encostou-se numa parede, abrindo caminho para as pessoas que passavam. Todas, sérias, compenetradas. Como poderia se atrever a estancar os passos delas para importuná-las com perguntas? Olhou para o fundo do corredor e resolveu andar para lá. Talvez, apenas tivessem mudado a cama da mãe de lugar. Seguiu, desviando-se das pessoas que passavam. Nada. Abaixou a cabeça, com o peito oprimido, com os músculos do estômago retesados. Começou a sentir medo, quando, com uma súbita coragem, perguntou por sua mãe a uma enfermeira apressada. Ela, com ar irritado, devolveu a pergunta:

– O nome dela?

– Ana – murmurou ele.

– Hein? Tá com alguma coisa na boca, garoto?

– Ana, senhora.

– Sinto muito. Sua mãe morreu. Deve estar no necrotério.

E saiu. Era uma enfermeira que se deixara corroer pelo tempo, quem sabe permitindo que a insensibilidade lhe carcomesse os sentimentos. Só comunicava o necessário. E sem ternura nem compreensão pela dor alheia. Pode ser que uma vida de dores não lhe desse capacidade de entender outro cenário.

E agora? Francisco ficou parado, sem saber para onde ir. O coração palpitava fortemente e, diante dos olhos, viajavam as lembranças da mãe. Sentimentos de tristeza misturavam-se a um ódio profundo de si mesmo. Por que não conseguira romper as barreiras da vergonha e dizer à mãe o quanto ela era importante?

Por que não conseguira suprir, para ela, a ausência do homem que a abandonara? Desfilaram, pela sua memória, detalhes da casa simples em que viviam. A imagem da mãe, na horta. Coisas que não disse. O café silencioso. O jantar a sós. A mãe, olhando para ele. A mãe, que agora não existia mais. Sentiu um aperto na garganta ao pensar em voltar para casa, sem a perspectiva da mãe. Por que ele haveria de voltar para casa? Por que trabalhar? Por que acordar? Por que, por que, por quê? Arderam-lhe os olhos, já cheios de lágrimas. A dor, apenas a dor, fazia-lhe companhia. Tantas pessoas passavam por ali sem reparar naquele mundo em pedaços... O choro era contido demais para chamar a atenção de quem quer que fosse. E as pessoas estavam muito ocupadas consigo para perceber a dor alheia. Atarantado, imaginava que precisava perguntar a alguém o que deveria fazer em seguida. Descobrir, primeiramente, onde a mãe estava. Não queria incomodar as pessoas e sentia-se acanhado, sozinho. Não via ninguém a quem pudesse perguntar. Lentamente, foi andando, para lugar nenhum. Afinal, sentou-se. Precisava parar e pensar. O banco era daqueles pintados com anúncios de patrocinadores. No que, casualmente, estava desocupado – e onde pôde sentar-se –, via-se impresso o nome de uma funerária, e uma frase discreta falava em conforto no momento da dor. Conforto? Soltou um gemido, que ninguém percebeu. Havia muita gente por ali.

Nisso, ouviu a voz grave do médico:

– Menino, como você se chama?

Voltou-se, com o olhar assombrado, e balbuciou:

– Francisco, senhor.

– Eu me lembro de você. Filho da dona Ana, não é?

– É, sim, senhor.

– Por que está chorando?

– É que... que... a moça falou...

Engasgou e não pôde prosseguir.

— Bem. Deixe. Não precisa contar. Você não encontrou sua mãe, não é? Ela foi fazer um exame na outra ala do hospital. De lá, vai para uma enfermaria, no prédio ao lado. Sabe chegar?

— Não, senhor. Mas minha mãe, doutor...

— Sua mãe está melhorando. Tenha paciência.

O médico olhou para o corredor.

— Hum — fez o médico. — Fique sentado um pouquinho. Vou atender um paciente e já volto. Depois, vou dar uma olhada na sua mãe. Você vai comigo. É mais fácil do que explicar o caminho.

Francisco aquiesceu. Agradeceu, pois isso era uma coisa que a mãe lhe ensinara desde sempre. "'Obrigado' e 'por favor', a gente tem de usar!" Pensou em quanto é interessante ouvir como as pessoas se comunicam. Pensou em Carla, a estudante que não saía da ilha. Tinha um jeito bonito de falar, formando frases completas de uma vez só; no que ela dizia, não ficava faltando nem sobrando nada. Que habilidade! Gostava de ouvi-la falar. Também o agradava o modo como se expressava o doutor Venâncio, sempre com calma e devagar. "Engraçado como a fala da gente parece música", pensava. "E cada pessoa se expressa como se estivesse cantando." Sorriu para si mesmo ao pensar no falar arrastado e errado de Vicente, caiçara da gema. Um homem gentil, de ótimo coração, mas grosseirão que só ele.

Estava ainda com o sorriso no rosto quando o médico voltou. Levantou-se de um salto para acompanhá-lo. E, então, é que foi um sonho. Não teve de conversar com enfermeira nenhuma. Atravessava corredores sem temer ninguém, apenas seguindo aquele homem de uniforme verde, hoje com um jaleco branco por cima, e de passo decidido. Sentia dois alívios. O primeiro, por causa da notícia de que a mãe estava bem. E o segundo, por encontrar um homem bom, que o ajudava. Não condenava a enfermeira pela informação errada. Não tinha sido, decerto, por maldade. Teria confundido sua mãe com outra mulher. Que tristeza, porque alguém tinha mesmo perdido a mãe. Teve pena dessa pessoa, que sofreria o que ele acabara de sofrer quando recebesse a notícia indesejada. Não culpava a enfermeira. Não devia ser difícil confundir um nome tão comum quanto o da mãe. Anas existem aos montes. Pensando bem, o nome Francisco também é comum. Tanto, que talvez até esse bom doutor pudesse se chamar Francisco. Nutria um sentimento de superior gratidão para com o médico, pela atenção que lhe dava. Experimentava uma felicidade única. Se, algum dia, lhe roubaram o sorriso, o desaparecimento da iminência da perda da mãe o trouxera de volta. Ela estava viva. E, certamente, viveria por muito tempo. Ele prometia a si mesmo que haveria de fazê-la, como pudesse, feliz. Sem se cansar de pensar como o médico era bom. "E ainda usa óculos!" Francisco achava que óculos emprestavam muita sabedoria às pessoas. "Pessoas de óculos são sempre educadas e importantes." Lembrou, com uma ponta de vitória, que a enfermeira descuidada não usava óculos.

 Chegaram a um pavilhão. O médico mandou que ele ficasse ali. Esperou, aproveitando o sol que o aquecia. Pensou na mãe. Que sabia dela? Estava habituado a temer-lhe as reações. Temia sua aspereza, sua autoridade, sua seriedade. Estava habituado a respeitá-la. Fora ensinado assim e considerava aquela uma atitude importante. Mas o relacionamento entre pais e filhos não podia ser só isso, um misto de temor e de respeito. Vasculhou a alma, para encontrar outros sentimentos que nutria em relação à mãe. E se deu conta de que sentia pena dela. Pena da sua infinita amargura. Achou que, por ver a mãe se entregar de tal forma a essa tristeza, tinha raiva dela; mais força, mais desprendimento daquela desilusão tão antiga. E, ao pensar nisso, sentiu ternura. Sentiu ternura! Que alegria perceber isso! O rosto de Francisco iluminou-se com a descoberta. E era isto o que ele buscava, até em desespero: encontrar uma forma de demonstrar o quanto a amava. Seguramente, os filmes ajudavam-no a entender um pouco mais a vida. As mães que via na tela eram mulheres decididas, bem cuidadas e...

Levantou os olhos, distraído, e até demorou um pouco para perceber que era para ele o gesto do médico, que o chamava do outro lado da porta de vidro. Ao entender o sinal, levantou-se depressa e foi atrás dele.

Chegando ao quarto, esperou do lado de fora, enquanto o médico examinava Ana. O exame durou pouco, e o médico despediu-se, caminhando apressado pelo corredor:

– Para quem estava chorando há alguns minutos, seu sorriso está contagiante.

Francisco entrou. Ana estava sozinha, num quarto inteiro só para ela. Parecia abatida, apesar de o véu de tristeza ter diminuído. Até esboçou um sorriso cansado quando viu o filho.

Francisco foi se aproximando, devagar. Chegou ao lado da cama e apoiou-se nela. Sentiu a mão de Ana pousando sobre a dele. Mirou-a, um pouco desconfiado, e viu seus olhos fixados nele, com uma aparência desamparada. Emocionou-se. Ana também. Nenhum dos dois falava. Tanto a dizer, mas faltava coragem.

De olhos fechados, ela respirava fracamente. Ele, de mão dada com ela, sentia, acima de tudo, um grande carinho. E começou a falar, mansamente, de tudo o que vinha acontecendo naqueles dois meses em que ela estava fora da ilha. Falou dos filmes, da aproximação com a família de Vítor, de Josefa. A mãe escutava, com interesse, e murmurava um ou outro comentário, numa voz débil; Francisco precisava se aproximar para ouvir. No mais das vezes, Ana sorria e balançava a cabeça, em aprovação. Francisco falou durante muito tempo, aliviando o peito de tantas coisas que queria contar à mãe. Lamentou quando acabou o horário de visitas e teve de sair. Antes de ir embora, deu um beijo demorado em Ana, que retribuiu, comentando:

— Eu não tinha reparado como seu sorriso é lindo, meu filho.

— Que bom que a senhora está bem, minha mãe.

Francisco teve até vontade de contar o mal-entendido. Mas desistiu. A enfermeira estava enganada, e era o que importava. A mãe estava viva. E foi remando de volta para a Ilha da Aliança, com o coração em festa. Tinha acabado de ter o primeiro encontro de verdade com a mãe. Ela ia ficar boa. Olhou para o céu e agradeceu a Deus, no seu jeito simples, porque era o homem mais feliz do mundo.

18. Cine Aliança

Julho se foi, deixando a expectativa de novos encontros na pousada de Josefa. As sessões de cinema estavam consolidadas. A próxima apresentação ficaria a cargo de Marina. A estudante fora indicada para elaborar o relatório dos estragos do incêndio, direcionado ao órgão competente. O compromisso a deixara mais íntima da ilha e de seus moradores. Com isso, apresentou-se como voluntária para fazer a análise do próximo filme.

O discurso de despedida das férias ficou a cargo de Valquíria, que aproveitou o momento para batizar o sarau cinematográfico. Explicou que a intenção inicial era chamar o encontro de Cine Paradiso, por causa do primeiro filme que havia sido exibido.

– Porém, a ideia de ligação, de união, criada aqui, entre pessoas que, de outro modo, talvez nem se conhecessem, foi mais forte.

A escolha do nome foi o tema predominante de todas as conversas daquele último dia. Valquíria concordou com o nome Aliança, mas fez questão de apontar que todos os filmes exibidos até aquele momento tinham em comum a gentileza dos personagens, que os enredos giravam em torno dessa característica social, que essa consciência fizera bem a todos. Portanto, propôs que a sala de cinema fosse batizada de Cine da Gentil Aliança. A sugestão foi integralmente aprovada.

Faltava estabelecer metas e uma data para a inauguração. A equipe de biólogos, comandada por Vítor, precisaria de algum tempo para produzir o relatório sobre os efeitos do incêndio na mata, porque dependia de análises de laboratório que não ficariam prontas em menos de vinte dias. Combinou-se que o Cine da Gentil Aliança seria inaugurado, com pompa e circunstância, no último fim de semana de agosto. Josefa comprometeu-se a, nesse meio-tempo, melhorar as condições do cinema. Já pensava mesmo em ampliar o refeitório da pousada; por isso, aproveitaria o intervalo para mandar derrubar uma parede e para transformar dois cômodos em um salão maior, onde ficaria a nova sala de cinema.

E a empreitada começou, a todo vapor, logo na segunda-feira. Francisco não foi esquecido. Coube a ele a tarefa de ir até o continente para comprar e para transportar material de construção, a ser utilizado na ampliação da pousada. Ganhava por viagem, e isso lhe garantiu um dinheiro a mais. Tudo ia bem na ilha.

Mas, no continente, Ana passava por maus momentos. As crises se acentuaram, e os médicos temiam que a pneumonia se transformasse em tuberculose. Francisco conseguiu autorização especial para vê-la durante a semana e se esforçava em ir todos os dias, apesar do trabalho extra e dos cuidados com a casa. Às vezes, caía em tristeza. As cartas que Mara lhe enviava, com regularidade cronométrica, compensavam tudo, e ele logo ganhava forças. A moça era um talento na arte do incentivo, e Francisco se acostumara a pensar que ela cuidava do bem-estar dele. Sentia-se lisonjeado e feliz.

Na semana anterior, Francisco escrevera uma carta para Mara, falando de seu temor de que a doença da mãe não retrocedesse. Contou que lhe faltava com quem conversar. E que não via futuro para sua vida. De certo modo, foi uma forma de, veladamente, dizer a Mara que sentia a falta dela e que ela era de fundamental importância na vida dele. A resposta não se fez esperar. Mara escreveu uma carta:

Francisco,

Não diga que você está sozinho. Esta carta é uma prova de que você tem amigos que se orgulham de você e que sentem saudade.

Sua mãe está enfrentando uma barra. A doença é dela, e só a ela cabe lutar contra esse mal. O que você pode fazer é visitá-la, levar-lhe alegria, mas não sofra a enfermidade dela. Você tem de viver uma vida correta, digna, alegre, como está fazendo. Seus amigos contam com você. Eu, principalmente.

Continue escrevendo. Acima de tudo, continue sendo você mesmo, esse moço bonito que eu adoro tanto!

Beijos enormes, como a Ilha da Aliança.

Mara

P. S.: segue o resumo de um filme que vi nesta semana. Acho que pode ser um lindo exemplo de superação, para você se espelhar. Escrevi pensando em você.

Mais beijos, mais saudades.

Anexadas à carta, vinham algumas páginas de papel sulfite branco, cuidadosamente dobradas. Eram comentários sobre o filme *Central do Brasil*. O título do trabalho era O *poder da palavra "dividir"*.

Francisco guardou o envelope, até com medo de sujá-lo. Guardou-o para ler mais à noite. Passou o resto do dia ansiando por terminar logo o trabalho. À tardinha, tomou banho, foi para a pousada jantar e voltou correndo para casa. Recostou-se na cama e começou a leitura.

O poder da palavra "dividir"

O verbo "dividir" tem proximidade de sentido com o verbo "compartilhar". Dividir o conhecimento, o pão, a dor, a alegria. É da natureza do ser humano viver em sociedade. E é no grupo que nos desenvolvemos, porque quem convive divide. É gentil permitir que o outro também faça, como é gentil não permitir que o outro faça tudo. Trata-se de perceber aquilo em que o outro pode colaborar. Trata-se de estar pronto para interceder, para apoiar.

 O filme *Central do Brasil* narra histórias de vidas que não deram certo. Fala do desejo de vencer e das batalhas morais que impedem esse vencer a qualquer custo. É recheado de cenas de gentileza. O maniqueísmo, ou seja, o bem de um lado e o mal do outro, não corresponde à verdade. Até nisso é preciso dividir. Há ações consideradas ruins, vindas de pessoas cuja história é bela, e há outras profundamente generosas, vindas de pessoas cuja história não significou nenhum tributo à bondade.

A força do exemplo no filme *Central do Brasil*

 Um canto meio escondido de uma estação ferroviária. Uma senhora, com óculos pendurados na ponta do nariz, roupa barata, tiara simples nos cabelos, aparência sofrida, está sentada à frente de uma banca de madeira, que funciona como mesa. Ela escreve, em folhas pautadas, cartas que gente analfabeta dita para ela. São confidências de pequenas tragédias diárias. O ofício de Dora (interpretada por Fernanda Montenegro) é registrar essas cenas. Seu local de trabalho é a Estação Central do Brasil, ponto de chegada e de partida de muitos moradores do Rio de Janeiro e de cidades próximas.

Central do Brasil

Ficha técnica
País: Brasil
Lançamento: 1997

Direção: Walter Salles
Produção: Martine de Clermont-Tonnerre/Arthur Cohn
Roteiro: João Emanuel Carneiro e Marcos Bernstein
Elenco: Fernanda Montenegro, Marília Pêra e Vinícius de Oliveira

---

Depois de mostrar alguns depoimentos emocionados de clientes de Dora, a câmera se detém por certo tempo sobre o rosto firme de uma moça, que tem o filho de 11 anos ao seu lado e que está a ditar uma carta para que Dora a escreva.

— Jesus, você foi a pior coisa que me aconteceu. Só escrevo porque teu filho, Josué, me pediu. Eu falei pra ele que você não vale nada e, ainda assim, o menino pôs na ideia que quer te conhecer.

Poucos dias depois, o menino reaparece. A mãe tinha sido atropelada, e ele ficou sozinho no mundo. Aos poucos, aproxima-se de Dora, e esta acaba entregando o menino ao chefe de segurança da Central do Brasil, que os conduz a Iolanda, uma contrabandista de crianças. Dora "vende" Josué, para que ele seja adotado por casais estrangeiros, porque queria dinheiro para comprar uma TV estéreo com controle remoto. Sua amiga Irene (interpretada por Marília Pêra) desconfia que algo estranho está acontecendo e arranca-lhe uma confissão. Dora se revolve em remorso, durante a noite inteira, e, de manhã, volta a procurar Iolanda. Consegue fugir com Josué, mas são perseguidos e ameaçados de morte pelos contrabandistas. Então, Dora foge do Rio, levando Josué, em busca do pai dele, no Nordeste.

O menino resiste à amizade que começa a crescer entre os dois. É agressivo com ela, porque acha que Dora sempre mente. As peripécias durante a viagem, o sofrimento, a fome, a insegurança, vão aproximando os dois. Certa manhã, em uma vila do sertão nordestino, a imagem mostra Dora dormindo com a cabeça no colo de Josué – uma referência clara à *Pietà*[6] de Michelangelo.

Josué afaga-lhe os cabelos. Ela desperta. E nasce o amor entre ambos, como se fossem mãe e filho. A cena não tem diálogos e é tocante mesmo assim. Finalmente, chegam ao destino. Encontram a casa, mas Jesus não mora mais lá. Ninguém sabe dele. A partir desse momento, só existem um para o outro, e para mais ninguém. Seguem viagem, aprendendo a dividir dinheiro e penas, trabalho e esperanças. Seguem buscando Jesus. Se o encontram? Você precisa ver o filme, Francisco, para descobrir.

Francisco lembrou-se do pai, que nem fotografia deixara. Lembrou-se da mãe, que, embora já demonstrasse algum afeto, estava longe, tentando reencontrar a saúde, a vida. Foi deitar-se na cama da mãe. Queria sentir o cheiro dela. Ficou olhando para o vazio, imaginando um final para o filme. Gostaria de vê-lo imediatamente. Nem televisão tinha em casa, quanto mais aparelho de DVD. Disso, ele não reclamava. Reclamava da ausência da mãe e da saudade da amiga. Sim, ele tinha de se convencer de que Mara era apenas, o que não era pouca coisa, sua melhor amiga.

Meditou sobre a pobreza da vida de Dora, nas suas escolhas erradas. E ponderou que, mesmo escolhendo erradamente, era possível que uma pessoa pudesse construir outra história. Não achava que Dora se parecesse com Ana, mas não conseguia deixar de aproximar as histórias dessas duas mulheres, embrutecidas pela vida. O egoísmo fez com que Dora vendesse uma criança, sem saber o que poderia acontecer a ela. O egoísmo fez com que Ana isolasse o filho. O amor fez com que Dora desfizesse o erro e ajudasse o menino, que perdera a mãe, a ter história. Ana parecia estar começando a permitir que o amor lhe abrisse os

---

[6] *Pietà* é uma escultura de mármore, criada entre 1498 e 1499. Mostra Cristo morto, recostado no colo de Maria, logo depois de o terem descido da cruz. Está na Basílica de São Pedro, no Vaticano.

olhos. Dora dividiu a sua vida, entregando-se para salvar quem chegara de repente, alimentado pelo sonho de que o pai seria um homem bom. Sertão adentro, não mediu esforços para fazer o bem ao outro. Superou o rancor, a falsidade, e transformou-se. Quem sabe Ana também não conseguiria superar a melancolia e transformar-se?

As reflexões trazidas pela leitura do trabalho de Mara deixaram o coração de Francisco abalado.

Na manhã seguinte, foi ver a mãe, com a carta de Mara debaixo do braço. Seja lá qual fosse o motivo, encontrou-a um pouco melhor. Leu para ela a mensagem de Mara, e ambos passaram uma agradável manhã, juntos. Ana emocionou-se mais de uma vez e deixou, sem receio, rolarem algumas lágrimas. Francisco voltou para a ilha com a lembrança da mãe segurando fortemente a sua mão.

Três dias depois, um mensageiro do doutor Venâncio chegou ao atracadouro, com um bilhete para Francisco.

19. Uma visita ao museu

Mara reviu Filipe durante uma visita de sua classe ao museu. Ele estava com uma senhora distinta, que parecia ser sua mãe. Mara o viu primeiro. Estava penteado, usava roupa social, e ela se alegrou ao perceber que ele era mais bonito do que parecera naquele primeiro encontro, todo sujo de carvão, com roupas de acampamento, assustado e com medo. Apesar de aparentar estar ali a contragosto, movia-se bem pelo museu. Andava com elegância e com desenvoltura e respondia aos comentários da mulher, com a naturalidade de quem conhece arte e costuma visitar museus.

Meio escondida entre as colegas durante a caminhada pelos corredores, ela pôde observar Filipe à vontade, sem ser percebida. Com a capacidade que as mulheres têm de olhar sem que os homens percebam, esquadrinhou roupa, atitude, trejeitos. Só depois disso, passou por ele, aproveitando-se de um momento de abstração da mulher diante de um quadro. Fingiu grande surpresa, e ele acreditou na coincidência. Começaram uma conversa festiva, cheia de lembranças de um domingo de fogo e de susto.

Logo, desgarraram-se, ele da mãe, ela das colegas de escola, e passearam longamente pelos labirintos do museu. Paravam para contemplar uma ou outra obra, apenas como pretexto para continuarem conversando. Típico de adolescentes enlevados, em processo de conquista.

Faziam um bonito casal. Sabiam disso. Ele era cortejado pelas moças da cidade. Ela era motivo de suspiros de mais de um coração, no colégio e nas festas. Mas foi para Mara e para Filipe que o Cupido disparou suas flechas.

Em pouco tempo, já haviam enumerado, um para o outro, as preferências, as expectativas, os sonhos profissionais, as viagens prediletas, as músicas, os livros, os filmes. Mara contou do projeto do Cine da Gentil Aliança. Filipe entusiasmou-se um pouco, menos do que ela esperava, mas, com aqueles olhos claros perscrutando o seu rosto, ela não estava tão preocupada com cinema...

Estavam juntos havia menos de quarenta minutos, e as mãos já se procuravam, e os dedos se cruzavam, como os de velhos namorados. Deram-se um abracinho, ainda tímido, à guisa de despedida, porque o grupo de alunas voltava da excursão pelos corredores e pelas escadarias, comentando as descobertas. Tinham de se separar. Filipe ainda tentou continuar segurando aquela mãozinha delicada, pela ponta dos dedos. Perderam o contato, aos poucos, e ela se foi. Ele também.

De longe, uma moça observava a cena com atenção. Parecia impressionada pelo carinho dos dois. Mas havia algo em seu olhar.

Mara reuniu-se às colegas, como se nada tivesse acontecido. No entanto, o brilho de seus olhos, o sorriso no canto da boca, o meneio premeditado do andar, tudo revelava que o mundo acabara de sofrer um abalo.

Paixão é assim mesmo. Nasce bela, causa cócegas e risos. Depois, pode até causar sofrimento. Mas isso é parte do futuro. Mara saberá o que significa isso quando chegar a hora.

20. A mensagem do doutor Venâncio

Francisco estava ocupado em prender a canoa para se recolher, depois de um dia cheio, quando avistou a lancha do serviço médico. Juscelino vinha a bordo, brandindo um papel na mão. Francisco sentiu o coração apertado, porque boa coisa não poderia trazer, com tanta urgência, o emissário do hospital.

Apressou-se em ajudar a atracar a lancha. Juscelino saltou para o píer com a expressão indecifrável que lhe era peculiar. Aproximou-se e estendeu-lhe uma mensagem do médico. Francisco sentiu o mundo rodar. Meio tonto, recuou e encostou-se no corrimão da escada que ladeava o cais. Abriu o envelope, temendo encontrar ali uma notícia fúnebre. Quando leu a carta, porém, o céu se abriu.

Francisco, prepare a casa, a mamãe vai ter alta na sexta-feira. Vou pedir para o piloto da lancha levá-la por volta das 9 horas.

Deixe as janelas abertas, para arejar o quarto, e cuide para manter o ambiente tranquilo e organizado.

Vou mandar antibiótico. Dê o remédio a ela, rigorosamente, nos horários indicados. E não se esqueça de pingar soro fisiológico nas narinas. Meça a temperatura de manhã e à tarde, para verificar se há febre. Se surgir qualquer alteração, corra para me dizer.

Ela está fraquinha e não pode se cansar. Mas não se preocupe. Ela está bem. Só precisa de repouso e de boa alimentação para ficar totalmente curada.

Um abraço,
Doutor Venâncio

Seguia-se à assinatura a marca, um tanto apagada, de um carimbo, que começava com "CRM 8". Não dava para ler o restante. A Francisco, não importava. Ficou olhando o papel como quem olha um bilhete premiado. Não sabia o que fazer primeiro.

Enfim, decidiu-se. Correu para a pousada. Josefa tinha de ser a primeira a saber. Afinal, fora com ela que ele começara a entender a história de Ana.

Juscelino ficou no cais, olhando aquele molecão correr feito um cabrito, escada acima, na direção da vila. Nem conseguiu entregar o outro envelope, que o carteiro tinha pedido para ele levar a Francisco, aproveitando a viagem. Bem, precisava voltar e não podia sair atrás do rapaz. Colocou o envelope na travessa de madeira que servia de banco, na canoa de Francisco, e pôs uma pedra em cima dele. Embarcou de volta ao continente.

Os infortúnios são assim. O envelope ficou ali, tremulando com o vento, até que uma rajada súbita arrastou a pedra e levou consigo a carta. Francisco não a leria jamais.

21. Ana e Valquíria

A casa ficou um brinco. Varrida, espanada, esfregada, encerada, polida. Francisco caprichou, porque não era apenas a mãe que voltava para casa. Era uma nova mãe. Uma mulher de sentimentos, mais amiga, mais próxima. Se doença vale alguma coisa, a ameaça da tuberculose e o medo da morte serviram para aproximar mãe e filho. Francisco podia contar, nos dedos de uma única mão, outras coisas que o haviam deixado tão excitado e em tamanho estado de expectativa quanto a chegada de Ana. Manteve a horta um primor, livre de ervas daninhas. O galinheiro, bem cuidado. O pomar, varrido. A trilha de capim que levava até a casa também tinha sido aparada, e as pedras, esfregadas. As panelas brilhavam, porque Francisco fazia questão de mantê-las como a mãe gostava. As camas estavam bem-arrumadas.

O caminho de Ana, desde o píer até a casa, foi vagaroso. Francisco deu o braço para que ela se apoiasse, e os dois prosseguiram. Ele esperava os comentários para, então, contar as novidades que ela gostaria de saber. Ana mencionou que a ilha parecia ter dado um salto de progresso em apenas dois meses, ao notar a pousada recebendo telhado novo, em uma ala que, evidentemente, era nova. Francisco contou que seria ali o cinema de que ele falava tanto e disse, também, que as crianças da ilha teriam uma sessão gratuita, oferecida por Josefa, toda quarta-feira, às 5 horas da tarde. Dessas sessões, participariam os professores e, nelas, seriam realizados jogos e brincadeiras, com motivos relacionados ao enredo dos filmes. Ana gostou da novidade, mas não era hora de entrar em detalhes, porque ela ia revendo a trilha, a horta, o galinheiro. Estava morta de saudade de casa e sentia-se recompensada pelo filho, que cuidara de tudo em sua ausência.

Ao entrar, viu a casa iluminada, com lâmpadas mais fortes.

— Meu filho, como você conseguiu dinheiro para comprar essas lâmpadas?

— Tenho trabalhado mais, mãe. Lembra que eu contei da construção da dona Josefa, que eu ia buscar todo o material?

— Ah! Não ficou caro?

— Não precisa se preocupar, mãe. Ainda sobrou um pouco.

Ana recostou-se no batente da cozinha, para respirar e para se refazer da caminhada. Sobre a mesa, viu um termômetro enfileirado com dois vidros de soro fisiológico, com um frasco de comprimidos e com um pacote de gaze nova, tudo arrumado e limpo. Emocionou-se e apertou a mão de Francisco, com os olhos marejados. Ficaram assim por alguns momentos, e Ana quis descansar. Francisco a levou com todo o cuidado para o quarto. Assim que ela se deitou, fechou as janelas, para diminuir a claridade da manhã dentro do quarto.

Foi para a cozinha, preparar o almoço.

Valquíria apareceu à tarde, para visitar Ana. Chegara à ilha um dia antes do que costumava chegar, porque tirara uma folga no Instituto de Pesquisa das Coisas da Natureza, para uma consulta oftalmológica. Assim que desembarcou, soube da recuperação de Ana. E quis conversar melhor com ela. Coisas de mães que se orgulham de seus filhos e que querem dividir esse prazer com outras mães. Mas havia algo mais. Tinha especial carinho pelo rapaz e acalentava um projeto para ele. Queria implantar um viveiro de plantas medicinais para um estudo fitoterápico e pensava em preparar Francisco para ser o responsável pela estufa. De certo modo, queria iniciá-lo na botânica. Era sua obrigação, achava, encontrar um ofício para o moço, um talento que corria o risco de se perder, caso não surgisse uma circunstância que privilegiasse suas habilidades.

No quarto, Ana e Valquíria tiveram uma conversa longa. Tanto tempo em silêncio tinha sido mais do que o bastante para Ana, que, afinal, se deixou vencer pela gentileza daquela mulher que se aproximava dela sem nada pedir. Ao contrário, para ajudar. Sentindo-se amparada, derramou o que ameaçava transbordar de seu coração. Valquíria, por seu lado, contou sua parcela de experiências e de sonhos. E as duas passaram a tarde em confidências, que se transformaram em esperanças, e, depois, em projetos, e, afinal, em decisões. O viveiro começaria na primavera, o que daria tempo para Valquíria levantar patrocínio e programar a plantação, a guarda, o beneficiamento e a embalagem.

Valquíria foi para a pousada cheia de planos, apesar da péssima notícia que recebera do médico, naquela manhã. Ainda jovem, aos 38 anos, tinha uma herança genética complicada, a do glaucoma. O médico estava quase certo da doença, mas decidira pedir um exame de fundo de olho antes de receitar qualquer medicamento. Enquanto isso, se havia uma névoa à frente dos olhos, em relação ao futuro, tudo se descortinava e se aclarava para ela.

22. Os dois pratos da balança

O mundo para quando a gente se apaixona. A ansiedade deixa de ser um problema, para se transformar em expectativa. As prioridades trocam de lugar, como se a vida brincasse e a gente se transformasse em meninos, em mochileiros de uma viagem cujo trajeto não se sabe. Um viajante pode encontrar o sol – e tempestades também. São ilusões.

Mara acordava, toda manhã, antecipando os momentos que teria com Filipe. Boa aluna, não se descuidava dos estudos, mas estava claro, para os colegas e para os professores, que ela andava mais dispersa, mais distante. Parecia ter decrescido alguns anos na escala etária – de adolescente, voltara a ser menina. Vivia desenhando iniciais dentro de coraçõezinhos nos cadernos da escola. Inventava nomes para o filho que sonhava ter. Lia mais poemas. Ouvia mais músicas. Andava mais depressa. Perdia-se mais facilmente em pensamentos. Não lhe saía da cabeça o momento único do primeiro beijo. O contato molhado com a outra boca, o modo como seus corpos se tocaram, a tontura da escuridão quando fechara os olhos e se deixara levar. Lembrava-se, particularmente, de como estendera os braços para enlaçar o pescoço de Filipe, como a impedir que ele afastasse o rosto do rosto dela. Sentira a mão dele acariciando seu rosto, enquanto suas bocas se encontravam, num beijo delicado, cuidadoso, saboreado. A língua que roçava a sua língua tinha certa aspereza agradável, um toque que causava estremecimentos e sensação de desmaio. Afastar-se daquele contato tinha sido difícil, porque ela queria mesmo era que durasse muito tempo. Foi um esforço descolar a boca, que Filipe perseguira um pouco mais. A maneira que encontrou foi desviar o rosto e encaixá-lo na curva do ombro dele, pouco abaixo do pescoço, relaxando o abraço. Foi a vez de ele apertar o corpo contra o dela, numa combinação perfeita, como se os dois tivessem sido desenhados, por um arquiteto genial, para serem complemento natural um do outro. O beijo, o abraço, a carícia. Nada mais havia.

Com Mara vivendo um turbilhão de sensações, a ilha perdeu um pouco do encanto nas ocupações de seu pensamento. O número de compromissos nos fins de semana aumentava, e, em todos eles, estava Filipe. Foi deixando de acompanhar os pais até a ilha; no início, dividida, culpada, e, depois, cada vez mais descontraída. Vítor e Valquíria não se preocupavam. Mara era ajuizada. Além disso, tinha o direito de viver o amor. O moço, por sua vez, parecia ser de família boa, de bons costumes, de prestígio social; tinha um jeito, às vezes, até exagerado, mas, enfim, isso era problema de Mara. Não havia por que se oporem ao namoro. Vítor e Valquíria continuavam seus projetos na ilha e, para lá, seguiam praticamente todos os fins de semana. Mara quase não ia mais. Estava muito ocupada, amando.

Contribuiu para o afastamento certa estranheza em relação a Francisco. Tinha mandado para ele uma carta confessional, em que contava da paixão, do início do namoro, e fazia demorados elogios a Filipe. Nunca viera resposta, e Mara se decepcionou, porque esperava que o amigo festejasse com ela essa conquista amorosa. Veio, sim, uma carta em que ele falava de muitas outras coisas, sem mencionar o namoro. Falava da volta da mãe para casa, do projeto do canteiro de plantas medicinais, da próxima sessão do Cine da Gentil Aliança, do tempo, de si mesmo. Uma carta gentil. Carinhosa. Sem referência, porém, a Filipe ou ao namoro. Mara supôs que o assunto incomodasse Francisco, talvez pelo fato de ele ter ciúme de dividir o tempo da amiga com o namorado. Supôs, também, que o incidente do fogo tivesse deixado uma imagem negativa de Filipe em meio aos habitantes da ilha, e isso a deixou triste, porque gostaria de levá-lo para a Aliança. Entendeu erradamente, porque Francisco jamais lera a carta nem sabia do relacionamento com Filipe. Com esses mal-entendidos e nessa aventura de sentimentos, Mara considerou melhor se afastar, e a ilha foi ficando para trás.

Filipe procurava aparentar ser bom moço. Mas era um fanfarrão. Namorar a filha do doutor Vítor e da doutora Valquíria era como ter um troféu de caça para exibir. Verdade seja dita, sentia grande simpatia por Mara, um carinho profundo, mas não era paixão. Seus sentimentos por ela não chegavam nem perto dos que ela nutria por ele. No entanto, passava os dias lembrando-se do perfume da moça, do seu sorriso autêntico e despojado, da sua conversa inteligente, da sua beleza... Gostava de estar com ela. Fazia-lhe bem à alma. E ao ego. Ao mesmo tempo, cansava-se de certas coisas que ela dizia e fazia. Sua bondade excessiva o irritava. O que ele queria era estar com gente importante, esnobar, mostrar as roupas de marca que usava. Tinha o péssimo hábito de julgar as pessoas pelo dinheiro que elas possuíam. Reparava em carros, em relógios de pulso, em joias. Mara era absolutamente diferente e tinha a ilusão de que o tempo haveria de mostrar a ele que essas coisas não eram as mais importantes. Ela jurava para si mesma que o seu amor haveria de transformá-lo. Engano de apaixonada. Ninguém muda ninguém sem que o outro esteja disposto a modificar-se. Mara parecia uma menina, na ingenuidade de seu coração aberto. Mas paixão a gente não escolhe; sente e ponto.

A vida segue seu curso. E as circunstâncias imprimem rumo à existência. O que cada pessoa faz não define, necessariamente, o que acontecerá em seguida, porque, ao mesmo tempo, outras pessoas agirão, atuarão, viverão. Um gesto aqui pode mudar uma atitude ali. A mudança de uma atitude ali pode alterar ou até impedir uma aproximação acolá. É assim. Um sábio chinês já dizia que o ruflar das asas de uma borboleta na China pode causar uma tempestade no Ocidente. Talvez, seja verdade. Talvez, tudo esteja ligado. Talvez não.

23. Um exemplo de confiança

O último fim de semana de agosto chegou. No sábado, dia marcado para a inauguração do Cine da Gentil Aliança, muitas caras novas apareceram na pousada. A notícia do novo empreendimento correra a ilha e o continente. Vários estudantes, como colegas de Marina e de Carla, decidiram prestigiar o evento. Na plateia, alguns hóspedes habituais; outros, nem tanto, como Paula, cabeleireira que havia se hospedado, pela primeira vez, na pousada, para o fim de semana. Pais de crianças que participavam das sessões gratuitas às quartas-feiras também foram conhecer a iniciativa. Vítor e Valquíria tinham convidado amigos. E outras pessoas, moradores, comerciantes da vila, haviam decidido participar. Todos concordavam que o cinema era uma das melhores coisas que já tinham acontecido por ali.

Francisco esperou, até o último momento, uma carta, uma mensagem qualquer de Mara. Nada veio. Nem ela apareceu com os pais na lancha. Sentiu uma tremenda decepção. O que teria acontecido para causar esse silêncio? Até entendia que ela tinha outros amigos e outros afazeres, mas parecia haver, especialmente naquele momento, tanta necessidade um do outro... O sorriso aprendido ia embora quando não conseguia disfarçar a tristeza pela ausência de Mara. Vítor e Valquíria o cumprimentaram carinhosamente, decerto percebendo seu olhar de infelicidade. Francisco não teve coragem de perguntar a eles a respeito de Mara. E acabou conformando-se com a ausência dela, porque ele próprio teria dificuldade de comparecer ao cinema – afinal, não havia quem deixar para fazer companhia à mãe. Ana estava quase boa, mas ainda inspirava cuidados, e era melhor alguém ficar com ela o tempo todo, pois o remédio tinha de ser dado nas horas certas, a hidratação precisava ser adequada e as instruções de alimentação deviam ser seguidas rigorosamente.

Quem não se continha era Marina. Vestira uma roupa mais bonita do que o comum, passara maquiagem, penteara-se (o que não havia adiantado muito, porque o vento da lancha desfizera todo o trabalho do cabeleireiro). Estava ansiosa pela apresentação que faria. Antes dela, Josefa falou brevemente aos presentes da importância do cinema para a vida cultural da ilha e agradeceu os esforços das pessoas que idealizaram o projeto – Mara e Francisco foram lembrados. Depois, cedeu lugar a Marina, que falou pouco, pois aprendera que discurso bom tem de ser curto. Na plateia, a amiga Carla torcia por ela. Marina encerrou a apresentação assim:

– O importante destes momentos não é apenas o que vimos e o que ouvimos, mas, também, a transformação que eles geram em nossa vida. É como uma celebração. Temos de sair daqui melhores do que chegamos e de melhorar um pouquinho a cada dia. O resultado será bom para todo mundo. E quem vem do continente para a ilha deve aproveitar estes bons ventos para refrescar a vida.

Paula, a cabeleireira, aproveitou a deixa para comentar, toda galhofeira:

– E quem quiser se transformar mesmo poderá usar os meus serviços. Corto, faço escova, luzes, reflexos, descoloração. E levará de brinde toda a minha simpatia!

O auditório caiu na risada. Paula era uma pessoa engraçada. Alta e bem-feita de corpo, vestia-se com espalhafato, mas mesmo as roupas mais desconjuntadas lhe caíam bem. Os cabelos eram como uma vitrine ambulante do seu salão: cortados curtos, com um desalinho proposital, tinham mechas roxas mescladas com mechas alaranjadas. Ria sempre às gargalhadas. Falava muitos palavrões, com um jeito autêntico que agradava – e ninguém conseguia se ofender com as suas destemperanças verbais. Era a primeira vez que ia à ilha. Mas, em poucas horas, já era amiga de todos.

Exibido o filme, as luzes foram acesas, e Josefa anunciou:
– Muito bem, refresco para todo mundo!

Estava entusiasmada. Sua pousada era uma escola sedutora, em que a arte dava os acordes para os bons movimentos da educação.

Durante a "sessão refresco", Paula foi o centro das atenções.

24. Sozinha

Mais três fins de semana se passaram. Para Francisco, uma eternidade. No entanto, apesar da angústia por conta da ausência de Mara, tinha feito sua vida ganhar novo sentido, a partir da espera por ela. Uma espera que ele mesmo se impôs. Acostumara-se, nesse tempo, a trabalhar intensamente durante a semana e gastava cada sábado inventando desculpas para ir até o cais. Via as embarcações chegando e, muitas vezes, era chamado para ajudar no desembarque ou, até mesmo, como tinha prática, para ajudar os pilotos a atracarem.

A mãe já se dedicava à horta, durante poucas horas por dia. Na maior parte do tempo, tomava sol, sentada à soleira da porta da cozinha. Preparava a comida e cantava. Francisco se alegrava com a nova mulher que o destino colocara a seu lado. Que bom que voltara a cantar! A mãe agradecia a recuperação, vivendo a vida com intensidade. Tinha sido a primeira a se entusiasmar com a ideia do canteiro de ervas medicinais e tomou, para si, a tarefa de ensinar a Francisco tudo quanto sabia de plantas, conhecimento herdado dos avós, gente do mato. Mostrou-se uma professora dedicada e dona de uma paciência incrível. Em pouco tempo, Francisco dominava as características das plantas, pela cor, pelo cheiro, pelo formato da folha. Distinguia as oleaginosas das escrofulariáceas. Aprendeu a fazer chás, mezinhas, infusões. Conhecia bem a diferença de preparos. Sabia que, no caso do chá tradicional, a erva é jogada na água fervente e deixada, por cerca de meio minuto, a ferver em recipiente tampado. Sabia que, na infusão, a água fervente é despejada sobre as plantas, devendo-se tampar o recipiente em seguida. E que, na maceração, a planta fica de molho em água fria por até 24 horas, para que vitaminas e sais minerais não sejam alterados durante a fervura.

Quando Valquíria chegou para dar início ao projeto, lá pelo começo de setembro, Francisco estava pronto. Valquíria exultou, apesar de, naquele dia, estar se sentindo um pouco prostrada, por causa do mal-estar causado pelo fato de enxergar menos. Os dias nítidos e luminosos de inverno tinham o inconveniente de acentuar os sintomas desconfortáveis do glaucoma. Enxergava halos coloridos em torno de luzes fortes, como a do sol, e sofria com constantes dores de cabeça e nos olhos. Isso lhe tirava a resistência. Cansava-se com facilidade. Mas não perdia o entusiasmo. Planejava, chamava gente para medir o terreno, telefonava sem parar, pedindo agrimensores, especialistas em estufas, em equipamentos de limpeza e de embalagem. No domingo à noite, quando deixou a ilha para voltar ao continente, tudo estava acertado.

Voltava com o coração apertado, porém. O avanço do glaucoma lhe dava um medo imenso da cegueira. Não queria contar nada a Vítor, para não preocupá-lo. Pobre Vítor, trabalhava demais. Não merecia ter de ficar ouvindo choradeira em casa, ao voltar do trabalho. Não queria comentar nada também com a filha. Mara estava enamorada, vivendo sua adolescência, não era hora de se preocupar com a mãe.

Durante a semana seguinte, manteve-se em estreito contato com os especialistas contratados para a implantação dos viveiros e da estufa. A partir da matriz da empresa, os operários recebiam instruções por rádio. Francisco era o representante de Valquíria e participava de tudo, com animação e com contentamento. Alternava seu tempo entre os canteiros e as viagens de canoa. A canoa, pobre amiga, parecia-lhe agora envelhecida e distante.

Cada marca em seu casco se relacionava com um acontecimento, e cada um deles lembrava Mara. Sabia o exato momento em que cada risco da madeira tinha sido talhado. Aquele, na frente, oblíquo, fora do dia em que recebera a carta dela, falando da primeira sessão de cinema. Aquele outro, na traseira, aparecera quando voltava da primeira visita ao hospital, ansioso para dizer à moça como ficara angustiado pelo estado em que encontrara a mãe. Aquele outro...

Havia apenas um entalhe, no bordo da canoa, que ele nunca soube identificar. Era um desenho, escavado a canivete pelo pai, quando este fizera a embarcação. Ficava disfarçado sob a travessa que servia de banco, e ninguém nunca notara sua existência. Francisco observava sempre o desenho. Já havia desistido de tentar entender o que significava. Representava um rochedo, com uma grande árvore ao lado. Na superfície do rochedo, três marcas, formando um triângulo. Passou a considerar que fosse uma espécie de sinal de propriedade apenas. Mas não deixava de ficar intrigado, porque o desenho tinha a aparência de um mapa.

Interrompeu as divagações. O funcionário da empresa de montagem de tendas o chamava para acompanhar o trabalho.

Mara ressentia-se de não ter ido mais à ilha. Sentia falta dos passeios pela mata. Sentia falta das sessões de cinema. Sentia falta de Francisco. Gostava dele. Um mocinho taciturno, porém generoso e atencioso como ninguém. O próprio Filipe não lhe dava a atenção que Francisco lhe dedicava. Filipe era egoísta, talvez até por causa de sua beleza. Ele queria, em tudo o que fazia, ser notado, estar em destaque. Não era maldade, mas um traço mal resolvido de sua personalidade. A constatação não resultava em mágoa, só em desapontamento. Como gostaria que Filipe tivesse o caráter de Francisco! Aí, sim, ele seria um homem perfeito. Não estava mais tão exultante com o namoro como nos primeiros tempos. Mas ainda gostava de Filipe. Ele parecia contente com ela, apesar de sufocá-la com aquele egocentrismo. Exigia a presença dela em encontros da turma, nas baladas. Mara não vivia mais a vida dela, vivia à mercê dos caprichos dele. O desgosto ia tomando conta do seu coração de moça, e ela não se atrevia a revelar seus incômodos a ninguém, nem à mãe. Tinha pensado em confessar-se com Francisco. No entanto, a correspondência entre ambos havia diminuído de frequência, e ela julgava que fosse por causa da tal carta – a carta que Francisco não recebera. Desencontros. E, assim, ia ficando mais só.

Naquela semana, Mara ensaiou uma rebeldia. Prometeu a si mesma que, no último fim de semana de setembro, iria para a ilha. Resgataria um delicioso pedaço da sua vida, um pouco apagado pelas circunstâncias. Não levaria Filipe. Iria sozinha.

25. Pilhérias de Paula

A última cliente de Francisco, no sábado, foi Paula. Ela bem poderia ter ido para a ilha de lancha, mas preferiu a canoa. Foi uma viagem de grandes risadas. Paula se divertia pondo a mão na água, de um modo que fazia espirrar gotas em Francisco, e, com isso, ria muito. No começo, ele não gostou, mas Paula era simpática e tratou de ir colocando o moço à vontade. E, assim, a despeito da tristeza que vinha tomando conta dele ultimamente, Francisco divertiu-se com a viagem.

Em certo momento, um peixe razoavelmente grande passou ao lado da canoa. Paula observou-o com ar de troça e comentou:

– Olhe só a cara desse peixe, Francisco! Parece com meu ex-marido!

Francisco foi pego de surpresa pela observação e não conseguiu manter a seriedade. Caiu na gargalhada. Paula não se dava por achada e passou a tecer comentários zombeteiros.

– Gente! É igualzinho! Meu ex-marido também ficava fazendo assim com a boca – e ria, cutucando Francisco.

A viagem estava tão divertida que era uma pena que durasse tão pouco. Paula inventava uma piada atrás da outra, aparentando estar sempre feliz e saltitante. Tinha o hábito de conversar tocando as pessoas e, com Francisco, não foi diferente. Segurava o braço dele para falar, mexia nos cabelos dele, encostava-se nele, com uma grande intimidade, como se tudo fosse casual.

Remexendo-se um pouco na canoa, a moça abaixou-se para ajeitar a mochila de roupas e observou o estranho desenho gravado embaixo do banco, na madeira. Olhou com uma curiosidade intensa.

— Foi você que gravou isto aqui, Francisco?
— Não, foi meu pai.
— Quem é seu pai?
— Bem, ele foi embora quando eu era muito pequeno. Chamava-se Joaquim Vilaça.

Estufou o peito, para completar a frase:
— Era canoeiro como eu.
— É, ouvi falar dele.
— Ouviu?! Onde?!

Francisco surpreendeu-se com a revelação. Não conhecera ninguém que falasse sobre o pai, a não ser Josefa. Estava acostumado a jamais falar dele, por causa da proibição tácita da mãe.

— Você conheceu meu pai?
— Conhecer, de verdade, não. Mas eu me lembro de tê-lo visto conversando com o meu pai umas duas vezes. Eu era menina ainda, tinha uns 12 anos, sei lá.
— Seu pai era amigo dele?
— Acho que era. Meu pai trabalha na Capitania dos Portos, é responsável pela Seção de Salvados. Cuida de registrar restos de navios afundados que os mergulhadores encontram.
— Nossa, que interessante deve ser esse trabalho!

Francisco começou a viajar, mentalmente, pelas aventuras que a conversa propiciava. O que lhe chamava mais a atenção, no momento, era estar com alguém que conhecera seu pai.

— Eu não conheci meu pai. Quando ele foi embora, eu tinha dois anos, acho. Nem me lembro de como ele era.
— Ah! Eu me lembro. Era um homem alto, musculoso, vivia dando risada. Era bem alegre. Meu pai e ele riam muito juntos. Ele chegava de canoa na praia, em frente ao escritório do meu

pai. Descia, arrastava a canoa para a areia e subia direto para o escritório.

— O que ele ia fazer lá?

— Não sei! Nunca perguntei. Mas vem cá: o que significa este desenho, hein?

— Deve ser só enfeite. Acho que não quer dizer nada.

A conversa perdeu um pouco do ar de festa que estava tendo desde a largada. Paula tratou de recomeçar a brincadeira, jogando água, outra vez, em Francisco. Estavam chegando ao atracadouro. Ela deu um jeito de passar a mão na perna dele, o que o deixou timidamente satisfeito. Ela brincou a respeito do tamanho do bíceps de Francisco, do seu peito bem definido. Ele, excitado, tentava se conter e não deixar que ela percebesse. Começava a desejar aquela mulher.

Paula tinha algo em seu olhar.

26. Revelações

A família chegou ao anoitecer de sexta-feira: Vítor, Valquíria e Mara. A moça, muito calada, em razão de uma nova discussão que tivera com Filipe. Ele tratara com descaso a necessidade que ela mostrara de passar um sábado e um domingo com a família. Não compreendia as hesitações dela e disse, com todas as letras, que parecia "frescura". Que pena, essa insensibilidade... Valquíria percebeu a sisudez de Mara já na lancha, a caminho da ilha. Tentou puxar conversa, saber o motivo do silêncio, mas, educadamente, Mara afirmou que estava assim apenas por conta de um pequeno desentendimento com Filipe e que tudo estaria resolvido em pouco tempo. Valquíria respeitou o momento da filha. E recostou-se no peito de Vítor, pensando na conversa que tivera com o oftalmologista naquela tarde. Ele receitara um colírio, que ela deveria usar diariamente, pingando uma gota em cada pupila – precisamente, às 8 horas da manhã. Suspirou. O resto da vida pingando um colírio, apenas para retardar o glaucoma. Que vida!

No cais, um Francisco solitário, cuja silhueta se desenhava contra o céu – que guardava, ainda, um restinho da luz do dia –, lavava a canoa. Sentia o coração mais forte, observando a chegada da lancha. Fechou o cadeado da corrente que prendia a canoa e apressou-se em ajudar os recém-chegados a descerem da embarcação. Cumprimentou todos e beijou, timidamente, a face de Mara. Ela, sem uma palavra, enlaçou-o pelo pescoço e lhe deu o melhor, o mais gostoso, o mais bonito e o mais saudoso de todos os abraços que ele havia recebido em toda a sua curta vida.

Subiram as escadas e foram para a pousada. Mara e Francisco, de braços dados, seguiam em silêncio. Francisco não entendera direito o abraço, mas estava agradecido por ele. Percebera que havia algo errado com a amiga, mais calada do que de costume, e esperava. Esperava que ela lhe contasse as razões da tristeza. Respeitava o seu silêncio. Por esse tempo, já sabia do namoro. Nunca havia entendido por que não lhe contara, ela mesma, que estava namorando. Também achava que não tinha nada que ver com isso. Eram amigos, conversavam, ela o prestigiava com muitas confidências. Apesar disso, ela não tinha a obrigação de contar tudo a ele. Contentava-se em ser o amigo da ilha. Orgulhava-se disso. Às vezes, até achava que não merecia o privilégio. Por isso, esperava. Sofria muito. Nunca sequer ousara falar de seus sentimentos por ela. Para ninguém. Saboreava sozinho o seu amor inconfesso, sofria sozinho as agruras de se sentir relegado. O sentimento era só seu.

O jantar transcorreu animado, no refeitório da pousada. Haveria sessão de cinema na noite seguinte, mas o assunto do momento eram os canteiros de ervas medicinais. Valquíria aproveitou o jantar para entregar a Francisco, até com solenidade, uma coisa. Tinha planejado fazer isso na manhã seguinte, mas não se conteve. De um envelope, tirou a carteira profissional com o nome dele. Estava lá, escrito em letras bonitas:

FRANCISCO VILAÇA
COORDENADOR DE CAMPO
EMPREGADOR: INSTITUTO DE PESQUISA
DAS COISAS DA NATUREZA

O salário era algo como quatro vezes o que ele ganhava com a canoa. E mais: com a carteira, com o contrato de trabalho assinado pela pesquisadora responsável pelo Projeto Piloto de

Fitoterapia, Valquíria Valentina Grandi. Francisco não cabia em si de contente. Queria agradecer, e nem sabia como. Valquíria tirou-o do embaraço, falando de suas tarefas e de suas atribuições como encarregado pelos canteiros e pelas estufas. Francisco, aos poucos, foi ficando mais à vontade e, em breve, passou a discorrer sobre as qualidades terapêuticas de várias plantas. As pessoas que jantavam na pousada, naquela noite, pararam de comer para ouvir a sua preleção. Josefa cutucou a cozinheira, enlevada.

– Está vendo como foi merecida essa contratação? O garoto é um talento!

Paula era uma das mais festivas nos cumprimentos a Francisco, a quem tratava como se fossem velhos amigos. Era tão extrovertida e cheia de ânimo que todos se sentiam à vontade com ela. Em poucas semanas, tinha ficado muito popular na ilha.

O jantar acabou e todos se despediram. Valquíria e Vítor subiram, a fim de se preparar para a labuta da manhã seguinte. Josefa foi até a cozinha, para comandar os preparativos do café da manhã. Francisco se despediu, abraçado ao envelope que continha seu futuro, e Mara o acompanhou até a varanda. A um profundo suspiro da moça, Francisco perguntou se havia alguma coisa que ela queria contar. Mara o puxou pelo braço, e os dois se sentaram no banco de madeira. Mara falou de sua vida, de seu namoro, de suas inquietações. Francisco ouvia, com o peito em pedaços, esforçando-se para ser o melhor de todos os ouvintes. Ouviu muito. Falou pouco. Nem era preciso. Seu olhar de apoio, sua atitude de companheirismo, suas tímidas carícias nas mãos de Mara eram, naquele momento, tudo de que ela mais precisava.

Foi uma conversa em que Francisco experimentou, internamente, uma revolução. Provou do ciúme, do enternecimento, da compaixão, da simpatia. Acolheu a amiga, viu-a chorar, quase chorou com ela. Não quis tecer comentários, até para não ser injusto com Filipe, que ele não considerava má pessoa, mas, sim, apenas alguém deseducado para a vida e para a convivência. Teve muita raiva, por Filipe fazer sofrer, ainda que involuntariamente, a querida Mara. Em dado momento, ela deu por findas as lamúrias e se deixou ficar, com o braço enlaçado ao braço dele, apoiada em seu ombro, como quem busca se aquecer e se esquecer.

O caminho para casa foi curto e feliz. Pululavam na mente de Francisco pensamentos em turbilhão. Tinha emprego! Tinha a amizade de Mara! E, também, mal podia esperar para contar à mãe que, na manhã seguinte, começaria, oficialmente, a sua carreira de pesquisador. Em casa, encontrou-a sentada na cama, no quarto dela, ouvindo música, com o pequeno rádio de cabeceira. Tinha uma boa aparência, suavemente banhada pela luzinha de canto. Francisco aproximou-se da porta e balançou o envelope, sem dizer nada. Ela levantou os olhos e suspeitou, pela atitude do filho, que a notícia era boa.

27. Novas descobertas

Paula estava apaixonada por Francisco, ao que tudo indicava. Embora uns dez anos mais velha que ele, tinha espírito de adolescente. Para ela, a vida era uma grande brincadeira. Vestia-se com roupas modernas, e a sua beleza ajudava-a a mostrar-se mais jovem do que era. Aproximou-se da rotina de Francisco de tal maneira que, em pouco tempo, não era possível encontrar um sem o outro. Passou a frequentar a casa dele, em, praticamente, todos os fins de semana. Não houve formalização, não houve pedido. Simplesmente, começaram a ficar juntos.

Quando Francisco se deu conta, estava namorando. Ana gostava de Paula e sentia que, pela primeira vez, o filho experimentava o gosto do namoro. Ela e a moça passavam horas contando histórias uma para a outra. Paula cuidava para não falar de Joaquim Vilaça, pai de Francisco, porque Ana ainda não tinha resolvido essa parte dolorosa do seu passado. Só Francisco sabia que Paula havia conhecido o pai dele.

Francisco deixara de ser apenas ouvinte. Falava muito, agora. Especialmente, sobre tudo o que estava aprendendo no seu trabalho de pesquisa em fitoterapia. Por incentivo de Valquíria, fazia o curso supletivo a distância. Recebia apostilas e material de estudo pelo correio, estudava todas as noites, preparava os exercícios e enviava-os de volta. Estava animadíssimo e sua conversa evoluía, consideravelmente, a cada dia. Já fazia planos de entrar numa faculdade. A mãe, apoiada no entusiasmo do filho, tinha começado a dividir o tempo entre as tarefas da horta e a administração da pousada, em ajuda à amiga Josefa. A vida estava melhorando.

Mara resolveu que, por algum tempo, não queria voltar à ilha. Não gostava de Paula e não entendia bem a razão. Questionou-se durante algum tempo, indagando a si mesma se não estaria com ciúme do amigo. Decidiu, enfim, que não queria nem devia impedir que Francisco vivesse a vida dele. Ela própria namorava Filipe! Suspirou ao lembrar que Francisco jamais respondera à carta em que ela falava de seu relacionamento amoroso. Supôs, novamente e com tristeza, que era assunto que não interessava a Francisco discutir, apesar da grande amizade que manifestava sempre. Supôs, também, que o silêncio dele sobre o namoro, além dessa proximidade com Paula, era um recado mais do que claro de que a amizade estava tomando outros caminhos.

Aliás, na última visita à ilha, quando levara Filipe, passara por um mal-estar que ainda a incomodava. Na pousada, logo depois de uma sessão de cinema, Mara estava ao lado de Filipe, que, por sua vez, estava indignado por ter sido quase obrigado pela namorada a participar de um encontro que considerava banal, num lugar tão sem importância. Estava irritado e tratava as pessoas com tamanha arrogância que Mara ficou envergonhada.

— Ih! Lá vem aquele moleque! Ele vai se sentar aqui? Ele é só um empregado que, até pouco tempo atrás, era barqueiro. Não, não tem sentido ele ficar aqui.

Francisco ouviu uma parte da conversa, mas já estava se aproximando, e não teve como disfarçar. Abaixou a cabeça, olhou para Mara e quase sussurrou:

— Eu fico lá fora, não tem importância.

— O que é isso? — indignou-se ela. — Filipe, Francisco é o meu melhor amigo. Eu o amo de verdade. Nossa, estou envergonhada com sua atitude!

— E eu estou é cansado desta gente. Cansado de ficar neste fim de mundo. Eu vou embora amanhã.

— Por favor, Filipe. Procure tratar bem as pessoas. Amanhã, se você quiser, a gente vai embora. Mas, hoje, temos um encontro com todos na sessão de cinema, que eu ajudei a criar. Não demonstre tanto mau humor.

Filipe afastou-se, para buscar um refresco. No caminho, dirigiu um olhar guloso para as pernas de Marina, sentada no sofá. Carla, em pé, ao lado da amiga, interceptou a olhadela. Aproximou-se mais de Marina e pousou a mão em seu ombro, enfrentando Filipe com o olhar.

A um canto da sala, com a lembrança da passagem desagradável, Mara sentia acentuar-se a confusão em seus sentimentos. Sentia-se solitária. Pegou-se, numa noite, imaginando que Francisco poderia ser seu namorado. Afastou o pensamento depressa, como quem se livra de um pecado.

E, depois, pensou novamente em Francisco. Suas famílias, suas experiências e suas expectativas eram muito diferentes. O que não seria um problema, diante do amor. Pensou que já o amava, ignorando o sentimento de culpa que a assaltara. Ela o amava, sim; ele é que tinha se decidido por outra. Bem, na verdade, ela havia começado a namorar Filipe antes. Mas Francisco mudara muito. Já não mandava cartas. No máximo, um ou outro bilhete, pelas mãos de Valquíria. Definitivamente, Francisco era outro homem. Em um acesso de compreensão, ponderou que ele tinha mais coisas com as quais se preocupar, além dela e de seus caprichos de menina preterida. E, talvez, só agora ela estivesse conseguindo assumir, de fato, esse amor. Tantas vezes ela quis transformar Filipe em Francisco. Por que não percebeu a tempo que o outro a preenchia muito mais? Por que perdeu essa oportunidade? Agora, era Paula quem ouvia e quem contava histórias. Era de Paula o privilégio de ser amada.

Francisco, na ilha, pensava em Mara. Gostava de Paula, sabia que ela gostava dele. Era bom ter uma namorada que pensasse nele o tempo todo e que fizesse planos para o futuro. Sonhava com uma enorme família, como aquela que não tivera a chance de conhecer vivendo apenas com a mãe. Com Paula, ele se sentia acolhido. Estimulava-o a estudar. Orgulhava-se dele, interessava-se pelas coisas que ele conhecia. Tudo, agora, era diferente daquele tempo em que ele praticamente pedia desculpas por ter nascido. Não tinha mais medo de existir e isso havia aprendido com Mara.

"Mara... minha canoa... minha vida..."

Ele estremeceu com a associação que fizera. Fugiu do pensamento como quem foge de uma lembrança dolorosamente deliciosa. Debruçou-se sobre a apostila e voltou a estudar.

28. Quebra-cabeça

Aproximando-se de Ana e de Francisco, Paula ficou mais próxima de Valquíria também. Era até natural, porque a bióloga estava se sentindo um pouco solitária, dada a ausência de Mara, dedicada aos compromissos na cidade e resistente à convivência com as pessoas da ilha. Valquíria tentara compreender o que se passava com ela, mas concluiu que Mara era adulta o bastante para decidir as próprias prioridades e procurou respeitar os sentimentos da filha.

Paula passou a ser companhia frequente para Valquíria. Conversavam muito. As mulheres da ilha tinham se acostumado a ter em Paula a destreza de cabeleireira e a disponibilidade de amiga, em todas as horas. Como ela já estava mesmo por ali todos os fins de semana, passou a dedicar um período de cada sábado para fazer cortes, escovas e penteados. Logo, passou a saber da vida de todo mundo e a partilhar de todas as fofocas da vila, chegando a ser confidente de muitas pessoas.

Nos sábados à tarde, depois do trabalho no salão improvisado da pousada, saíam, ela e Valquíria, a caminhar. Geralmente, nesse horário, Francisco ainda estava nos canteiros. Ana permanecia, até o final de tarde, na pousada, ajudando a preparar o jantar e a estrutura para a sessão de cinema da noite. Nessas caminhadas, Valquíria encontrou em Paula uma pessoa a quem confessar situações que não revelava a ninguém. Falou do glaucoma e de como se sentia pouco à vontade para contar a Vítor sobre o problema. Paula a tudo ouvia, com atenção e com polidez. Quando era possível, sugeria uma ou outra atitude. Na maioria das vezes, ocupava-se mais em distrair Valquíria, com brincadeiras e com palhaçadas. Fazia-a rir. Valquíria adorava essas caminhadas.

Naquele sábado, não havia nenhum pedido no salão de beleza da pousada, e Paula decidiu acompanhar Valquíria a uma incursão até a clareira da floresta onde acontecera, tempos antes, o incêndio. Esgotado de uma semana especialmente trabalhosa, Vítor resolvera dormir até um pouco mais tarde. Valquíria deixou-o dormindo, levantou-se e, devagar, desceu para o café. Antes de sair, pegou o frasco de colírio e pingou uma gota em cada olho. Sentiu os olhos arderem um pouco – efeito comum do medicamento, possivelmente – e percebeu que ficaram imediatamente mais sensíveis à luz do sol; mas, certamente, esse sintoma inicial passaria em breve.

Encontrou Paula já na orla do bosque e seguiram para a clareira. Foi uma caminhada alegre e, de determinada forma, reveladora. Valquíria ia comentando a respeito das espécies de planta que encontravam pelo caminho. Falava também de como era interessante a flora marinha.

— Há certas plantas, por exemplo, que só podem ser encontradas em cascos de embarcações naufragadas. Levam anos para crescer e crescem só naquele lugar. Chegam a cobrir um navio inteiro. Crescem tanto que, às vezes, nem os mergulhadores conseguem identificar que, embaixo delas, está escondido um navio.

Paula demonstrava interesse por esses assuntos. Lembrava-se de muitas histórias contadas pelo pai a respeito de naufrágios, em torno dos quais se desenvolveram verdadeiras lendas. Comentou, como se fosse por acaso:

— Meu pai contava de uma lenda a respeito de um galeão espanhol que teria naufragado por aqui. Dizem que carregava uma arca repleta de lingotes de ouro.

Valquíria sorriu, distraída.

— As pessoas criam muitas histórias. Também já ouvi essa. Não sei se há uma base real nessa história. O comando da Marinha chegou a ordenar uma busca, mas a costa é cheia de recifes, e não há como um barco navegar em torno desta parte norte da ilha. Acabaram desistindo, porque precisariam de tempo e de dinheiro para conseguir a tripulação e os equipamentos necessários.

Paula parecia vivamente interessada.

— Então, é possível que exista um tesouro?

Valquíria meditou um pouco. E, afinal, respondeu:

— Vou contar uma coisa que ninguém sabe. Há alguns meses, descobri, durante uma expedição técnica, nas pedras que margeiam o mar, lá embaixo do despenhadeiro, no norte, um raminho de uma dessas plantas que só nascem em navios naufragados. Guardei o galhinho. No começo, não levei a sério, porque poderia ter sido trazido pelas ondas de outro lugar, mais distante. E, também, não comentei com ninguém, porque havia uma série de testes a fazer.

Paula foi ficando cada vez mais curiosa.

— E você fez os testes?

— Fiz, sim. É, realmente, uma planta de naufrágio. Só que pode ser de qualquer embarcação. Até de uma canoa.

— E por que não contou a ninguém?

— Primeiro, porque, se a história se espalhar, aventureiros poderão vir para cá, na tentativa de explorar a costa da ilha, e vão acabar estragando o ambiente lindo que a gente desfruta aqui. Sabe como são esses aventureiros, né? Gente sem pátria, sem respeito por nada. Muitos podem ser até criminosos...

— E em segundo lugar?

— Porque tenho ouvido muitas coisas ao longo de minhas pesquisas. Muitas das histórias conferem. E, com um pedaço aqui, com um pedaço ali, estou montando um quebra-cabeça. Quando estiver com tudo mais definido, aí, farei um relatório para o instituto e para a Capitania dos Portos. Desse modo, o resgate do galeão poderá ser feito de maneira mais tranquila, oficialmente, sem atrair a atenção de aventureiros.

— Minha nossa! Então, pode existir mesmo um tesouro?!

— Muito possivelmente, exista um barco afundado aqui, na costa norte. O resto são suposições. Há quem diga que exista um tesouro.

— Há mesmo? Quem diz?

— Gente daqui. Pessoas mais velhas. Principalmente, daquela comunidade isolada da ponta norte.

— Já sei! — Paula deu um gritinho. — Dona Rosa!

— Ah! Você já ouviu falar dela. Pois é. Dona Rosa sabe muita coisa. Tem uma sabedoria insuperável. Pode ser que esteja apenas repetindo uma antiga lenda da comunidade. Comunidades isoladas tendem a inventar histórias, lendas e mitos. Não se pode levar a sério todos os relatos.

Estavam na orla da clareira. A chegada ao local fez com que as duas interrompessem as digressões sobre navios e sobre mares e passassem a observar a recomposição da vegetação nos locais atingidos pelo fogo. Valquíria estava absolutamente extasiada com o que via.

— Olhe, Paula, como a natureza é exuberante! Quase não parece ter havido uma queimada aqui.

Paula procurava participar da alegria de Valquíria. Mas seus pensamentos andavam distantes. Distraiu-se ao tentar encontrar, na mochila de lanche, uma barrinha de cereais e a garrafa de água.

Nisso, Valquíria gritou para ela, de longe:

— Paula, pode fazer o favor de pegar a máquina fotográfica? Quero registrar a vegetação que está nascendo aqui, ao pé desta rocha.

Paula apanhou a máquina, enquadrou a cena e preparou o foco. Valquíria deu um jeito nos cabelos e se agachou um pouco,

para passar a mão sobre os arbustos que enfeitavam, de verde-
-claro, o solo diante da pedra.

Ao olhar pela lente, Paula tomou um susto. Do lado esquerdo do rochedo, bem atrás de Valquíria, na parede da rocha, havia um desenho tosco, possivelmente entalhado com um formão ou com um cinzel: eram três marcas, formando um triângulo.

Fez a foto. Entregou a máquina digital a Valquíria, para que ela visse como ficara a cena gravada. Sua cabeça era um turbilhão de pensamentos, cada qual, uma peça de um complexo quebra-cabeça.

Valquíria gostou do registro fotográfico. Agradeceu a ajuda de Paula e continuou a sua coleta de espécimes. Queria colher amostras para analisar diferenças entre duas espécies de poejo, a *Cunila microcephala* e a *Mentha pulegium*. Essas labiáceas aromáticas eram algo em que vinha pensando durante a semana inteira e não queria esperar mais para comparar as duas plantas.

Aproximou-se da beira do precipício e abaixou-se para colher uma planta. O sol estava forte, e ela se sentiu um pouco tonta, possivelmente em razão do colírio para o glaucoma. A vista escureceu e, talvez por isso, tenha acontecido a tragédia.

29. A notícia

Paula surgiu gritando na estufa mais avançada do viveiro de plantas. Estava desesperada. Chorava muito. A roupa, suja e rasgada em alguns lugares, mostrava que caíra e que se levantara várias vezes. Parecia estar em choque.

Quem apareceu para socorrê-la foi seu Vicente, um dos trabalhadores do instituto. Segurou Paula pelos ombros, e ela se agarrou a ele, soluçando loucamente.

– Minha filha! O que aconteceu? Diga o que houve!

– A Valquíria! A Valquíria!

– Que foi? Que houve com a dona Valquíria? Fale, pelo amor de Deus!

– Valquíria caiu do despenhadeiro! Ah! Meu Deus do céu!

E desmaiou.

30. A tragédia

Vítor pegou o frasco de colírio, distraidamente, enquanto sorvia o último gole do café de Josefa. Era um medicamento genérico. "Quem será que tem glaucoma aqui?", pensou ele. Imaginou que fosse de Josefa. Terminou o café e saiu para a varanda, bem a tempo de ver seu Vicente surgir, na orla da mata, carregando uma pessoa. Forçou os olhos e, mesmo sem identificar ainda quem era, saiu correndo na direção dele.

Seu Vicente vinha vergado sob o peso de... Valquíria!

Agarrado ao corpo da esposa, Vítor soltou um urro desesperado. Valquíria estava morta.

31. Desamparo

Com ar muito sério, o doutor Venâncio anunciou:
– Foi uma morte rápida. Partiu a espinha cervical. Com certeza, ela não chegou a sofrer. Foi uma queda curta, porque o corpo parou numa plataforma de pedras logo no começo do costão. Se tivesse caído lá embaixo, estaria com todos os ossos quebrados.

Falava para Josefa, para seu Vicente e para Raimunda, a funcionária da pousada. Eram as pessoas que haviam conseguido se controlar para acompanhar o exame clínico do corpo.

O doutor Venâncio olhou para a varanda. Vítor estava debruçado sobre o gradil, soluçando como um menino desamparado. Ao lado dele, Mara, imóvel, olhava para o horizonte, para o nada. Tinha os olhos secos e o coração vazio. Não conseguia acreditar no que acontecera. Mantinha uma das mãos espalmada sobre a espádua do pai, de quem sentia uma pena infinita. Não pensava em nada. O tempo, assim lhe parecia, tinha sido suspenso, como um títere preso a um cordel. Não conseguia ver mais nada além do casaco bege do pai, no ponto onde a mão dela o acariciava, com palmadinhas suaves. Ao ritmo do choro desesperado dele, as costas moviam-se, em espasmos contínuos e sacudidos. Que dizer a esse homem, louco pela perda?

Vítor tentou se voltar para o que supunha ser o papel de pai naquele momento: consolar a filha. Mas não conseguia sequer encarar a moça. A cada tentativa, cedia a um assomo de choro, que praticamente lhe tirava todas as forças. Era um homem inconsolável. Talvez, para sempre inconsolável. Assim ficou, por muito tempo. Chorou muito. Não conseguia coragem para rever o corpo da mulher amada.

Lá dentro, Josefa e Raimunda cuidavam do corpo, também tristíssimas. Contaram com a frieza do médico nessa tarefa. Apesar de comovido, pela proximidade que desfrutava do casal, o doutor Venâncio tinha a distância profissional necessária para auxiliar nesses momentos. Era este o seu trabalho: salvar da morte e salvar da vida.

Mara teve um impulso e saiu, apressada, para o pátio. Ali, havia um dos dois únicos aparelhos de telefone disponíveis, porque celulares não conseguiam sinal na ilha. Teclou, com vagar, o número do celular de Filipe. Caiu na caixa postal. Não teve a menor vontade de deixar recado para tratar de um assunto dessa seriedade. Desligou. Andou, em círculos, por algum tempo. Voltou ao telefone. Caixa postal de novo. Decidiu ligar para a casa dele. Ao terceiro toque, atendeu o pai:

— Oi, Marinha! Tudo bem? E o Filipe?

— Ué, liguei para perguntar dele... Onde ele está?

— Pensei que estivesse com você. Ele saiu ontem à noite, disse que ia te encontrar.

— Ah, tá bom. Depois, eu ligo.

— Espere, Mara! Aconteceu alguma coisa? Você está com uma voz tão esquisita!

— É... não. Não, deixe. Não aconteceu nada. Tchau.

Nem parou para pensar no impacto da conversa. Só estava querendo avisar Filipe. Talvez, receber umas palavras de apoio. Sentiu um nó na garganta ao pensar nisso. Mas outra coisa desviou sua atenção. Viu chegarem os técnicos do Instituto Médico Legal, com uma maca e com equipamentos. Caminhou, devagar, na direção da sala. Não teve coragem de entrar e de acompanhar os procedimentos para o transporte do corpo da mãe. Parou na pequena escada de acesso. Sentou-se de costas para a porta, enterrou o queixo nas duas mãos e ficou assim, pensativa, imóvel. O pai tinha entrado. Podia ouvi-lo, falando baixo, com uma voz abafada, surda, arfante e cansada.

Em pouco tempo, saía o féretro improvisado. Mara virou as costas, com um aperto frio no peito. Percebeu que passavam pessoas por ela, descendo a escada, mas não se atrevia a olhar. Espreitou, com o canto dos olhos, e viu, já lá na frente, o embrulho branco e asséptico carregado na maca por dois homens vestidos de branco. O pai ia atrás, alquebrado, envelhecido décadas em algumas horas. Josefa, as funcionárias, curiosos, hóspedes, estudantes, turistas. Era um adeus sem ter sido adeus. Abaixou a cabeça, com uma sensação de fraqueza, de vulnerabilidade, de cansaço. Foi quando sentiu a mão de Francisco pousando em seu ombro. Virou-se. O moço tinha o aspecto mais triste e, ao mesmo tempo, mais compreensivo do mundo. Ele a segurou pelos dois braços e deve ter visto a imagem do desamparo, porque a puxou, até com certa força, para si, dizendo:

– Desculpe, eu estava longe, nos canteiros. Só agora o seu Vicente me contou.

Presa de encontro ao peito de Francisco, Mara chorou. Não apenas chorou, mas gritou, com todas as forças, tudo o que não gritara desde o momento em que a mãe fora trazida para a pousada. Francisco chorava com ela. Chorava a pessoa que lhe trouxera a vida nova, chorava a injustiça de uma morte sem culpa, chorava a tristeza da moça que amava, chorava a sua própria orfandade simbólica.

Mara murmurava, por entre soluços, que não entendia o que podia ter havido para levar àquela fatalidade. Chorava compulsivamente. Sua mãe, que, outro dia mesmo, lhe dera um beijo antes de dormir, sua mãe, que lhe antecipara tantos carinhos, era, agora, apenas um corpo carregado sem vida, nem desejos, nem cumplicidade. Nunca mais o colo gostoso, nunca mais a visão daquela mulher risonha, falante, cheia de sonhos. Não! Alguma coisa havia de estar errada. O destino não poderia ter sido assim tão cruel, tão sem piedade. Ela era jovem demais para partir. Um nó na garganta impedia mais dizeres. Nem a paisagem paradisíaca daquele lugar lhe aquecia a alma.

32. O branco dos uniformes

Durante o enterro, no dia seguinte, Mara não desgrudou de Francisco e do pai. Esteve agarrada aos dois como quem segura uma boia ao sofrer naufrágio. Tinha sido levada da ilha por Letícia, esposa do tenente Fernando, de quem recebera grande consolo durante toda a noite. Letícia acompanhou-a até entregá-la aos braços de Vítor e de Francisco e, aí, afastou-se, deixando-os com sua tristeza.

Filipe tentou se aproximar de Mara e não mereceu mais do que um ligeiro e displicente abraço. Mara afastou-se dele assim que pôde e voltou para a companhia de Francisco. Paula estava em choque e não compareceu. Ana tinha sido levada para acompanhar o funeral, mas ainda não estava lépida; por isso, ficou com Josefa no velório e preferiu não ir até o cemitério.

Francisco se lembraria, para sempre, da caminhada acabrunhada até o campo santo. Ia de cabeça baixa, Mara de braço com ele, e olhava para as pedras do chão. Parecia que as pedras se moviam à medida que avançava a passos lentos. Não falava. Mara não falava. Suas mãos, de quando em quando, se encontravam e trocavam um aperto gentil.

Ao lado da sepultura, havia imensas coroas de flores, enviadas pelos alunos, pelos colegas pesquisadores e pelos funcionários de Valquíria. Como a maioria deles tinha ido direto do trabalho para o enterro, a cor predominante era o branco, dos uniformes. O cortejo era, enfim, um mar de brancura, pontilhado, aqui e ali, pelo colorido das flores. Um espetáculo cândido, que a própria Valquíria teria se orgulhado de programar, se soubesse que uma tontura, causada por duas gotas de colírio, lhe tiraria a vida.

33. Sonhos de outubro

Passadas duas semanas de um luto inconformado, quando apenas a volta ao trabalho conseguiria sacar Vítor do torpor, ele e Mara decidiram ir à ilha. Chegaram pela manhã, foram recebidos por alguns amigos, passaram poucas horas ali, sem coragem de permanecer mais tempo em um local que tantas lembranças evocava, e voltaram para o continente. Antes, vistoriaram, rapidamente, o projeto de fitoterapia, que Francisco continuava coordenando, todo bonito em seu uniforme branco. Outra pesquisadora assumira a função de responsável, e o projeto não fora, nem seria, interrompido. Amiga de Valquíria, Maristela dera sequência a todo o esquema idealizado, principalmente ao manter Francisco na coordenação. Apegara-se rapidamente ao rapaz. Aliás, Maristela já estava programando uma forma de Francisco prestar o exame vestibular assim que concluísse o supletivo. Ele estudaria à noite, no continente, para recuperar o tempo perdido e, quem sabe, transformar-se em um futuro pesquisador de botânica.

Vítor e Mara rumaram de volta para o continente, não sem antes receber a promessa de que a próxima sessão de cinema a que os dois estivessem presentes seria em homenagem a Valquíria. Seria como um símbolo do projeto cultural que ela apoiara desde o início. Não combinaram uma data. Sabiam que pai e filha precisariam de um pouco mais de tempo para absorver o triste episódio.

Era outubro. O céu, claro e brilhante, enchia-se de içás, em voos de reprodução. Valquíria gostava de observá-los.

Pensando em Valquíria, Vítor sonhava.

Sonhar é acreditar que se tem poder para construir alguma coisa diferente. O sonho pode até ser uma utopia a respeito de um lugar que não existe. Mesmo assim, ele cumpre o importante papel de movimentar o presente em busca de um futuro melhor. Sem os sonhadores, o mundo para. Quantos existiram que, mal interpretados, só foram valorizados depois de mortos. Sonharam com uma humanidade melhor e foram acusados de pervertidos; sonharam com uma ciência que pudesse melhorar a vida das pessoas e foram acusados de feiticeiros; sonharam com uma civilização do amor e foram acusados de ingênuos; sonharam com a simplicidade e foram acusados de superficiais.

Esse era um pensamento constante para Vítor. Ele próprio era um idealista, possuía imenso orgulho de ter encontrado em Valquíria uma companheira para os seus projetos. Agora, ele transferia toda a atenção para a filha. "Transferir" não é bem o verbo. Na verdade, ele acrescentava. Amava na filha o que amava na filha e em Valquíria, tudo junto. Nem se sabe como era possível um homem amar tanto assim.

Vítor era um sonhador. E sonhadores não desistem facilmente. Têm a alma elevada, o olhar mais apurado, a mente aberta e o desejo interno de transformação. São poetas, às vezes; outras, palhaços, malabaristas; são sacerdotes em busca de uma nova terra; são jovens, independentemente da idade, porque os sonhadores não envelhecem. A frase que o movia e na qual pensava com frequência, como um mantra, era de Goethe, o escritor alemão: "Qualquer coisa que você possa fazer, ou sonha que possa fazer, comece a fazê-la. A ousadia tem em si genialidade, força e magia".

Vítor, graças ao sonho e ao amor profundo pela filha, manteve-se de pé. E, em razão desse mesmo amor, marcou a sessão de cinema, em homenagem a Valquíria, para 2 de novembro, Dia de Finados. Dia da vida eterna.

34. A vida é bela

Josefa tomou para si a tarefa de apresentar o filme italiano *A vida é bela*.[7] Ela mesma escolheu o DVD, em função do homem especial que é o personagem principal do filme. Considerou aos presentes:

— Vejo cada um de nós neste filme. Valquíria, Vítor, Mara, Ana, Francisco, Paula, eu mesma. Cada um realizando ou sonhando realizar alguma coisa boa, apesar das dificuldades. Sonhar é acreditar. E é isso que veremos a seguir.

Olhou detidamente para todos os presentes, com carinho.

— Minha síntese é esta:

Mesa do restaurante de um hotel, em uma cidade do interior da Itália. É tarde da noite, e apenas um cliente permanece ali. Acaba de ser atendido por Guido (interpretado por Roberto Benigni), que lhe levou um salmão grelhado, uma salada leve e um copo de vinho branco. O cliente está de tal modo ocupado em resolver uma charada que percebe que a ansiedade lhe tirou a fome. Recusa o prato, com delicadeza. Nisso, aparece o *maître*, conduzindo um hóspede inesperado que não jantou. O hóspede, um figurão importante do Ministério da Educação, foi informado de que a cozinha já havia sido fechada e está disposto a aceitar o que houver para comer.

Guido atende a mesa do novo hóspede, também já sabendo que o recém-chegado aceitaria o que lhe oferecessem. Guido

---

[7] *A vida é bela*. País: Itália; lançamento: 1997; direção: Roberto Benigni; roteiro: Vincenzo Cerami e Roberto Benigni. Elenco: Roberto Benigni, Nicoleta Braschi e Giorgio Cantarini.

é um homem agradável, de insuperável bom humor e de pensamento rápido. Não podia perder a chance de uma boa piada. Inclina-se, elegantemente, cumprimentando o hóspede, e pergunta o que ele gostaria de jantar. O hóspede, um pouco surpreso, porque sabe que a cozinha está fechada, mas bem impressionado pela solicitude do garçom, pergunta o que há para jantar.

Guido passa a recitar este engraçado cardápio:

— Bem, temos as carnes. Uma bela bisteca pesada ou, então, rim e fígado de carneiro frito empanado. Ou peixe.

O hóspede apressa-se em dizer:

— Peixe!

— Certo. Temos rodovalho com muita gordura, bacalhau emporcalhado no óleo ou um salmão magro.

— O salmão. Gentileza sua.

— E para acompanhar?

— Tem acompanhamento também?

— Claro. Temos cogumelos fritos, fritos, fritos. E batatas amanteigadas na manteiga de Nancy, com creme espumoso...

— Você não teria uma saladinha leve?

— Uma saladinha leve? Claro.

— Perfeito. O quanto antes.

— Farei o possível.

Vira-se, vai até a mesa vizinha, apanha os pratos recusados pelo cliente anterior e apresenta-os ao hóspede, que fica de boca aberta pela rapidez do atendimento.

Esse é o clima geral do filme *A vida é bela*. Guido Orefice, o personagem central, é um pícaro, que vive aventuras fabulosas e burlescas. Pobre, muda-se para uma cidade maior, em busca de ascensão. Consegue esse emprego de garçom sem deixar de viver de maneira romântica e divertida, mesmo em meio a necessidades financeiras, a pequenas decepções e ao trabalho volumoso. É um homem simples, mas imaginoso e inteligente. Enamora-se de uma professora, Dora (interpretada por Nicoletta Braschi), e a ela faz a corte de um jeito mágico, deixando-a apaixonada também. Casam-se, têm um filho, o menino Giosué (interpretado por Giorgio Cantarini), e abrem uma livraria, velho sonho de Guido.

Do ponto de vista da narração cinematográfica, o filme é quase como um desenho animado. As situações têm aspectos circenses, as cores são carregadas e brilhantes, a música é alegre e saltitante. A razão da escolha do diretor por esse tipo de narração será desvendada no final do filme, e eu não quero estragar a surpresa. Contudo, é importante observar que o elemento fundamental da obra é a fantasia. O enredo se desenvolve quando a realidade do fascismo italiano, que compartilha dos ideais de raça superior do nazismo alemão, concorre para a deflagração da Segunda Guerra Mundial e para a inexorável e cruel perseguição aos judeus. Guido Orefice é filho de judeus e sofre por isso. Um dia, a família é posta dentro de um caminhão do exército, com outras famílias judias. Todos estão aterrorizados, apinhados na carroceria. Um silêncio amargo reina. Inocente, sentindo uma freada do caminhão, Giosué pergunta a Guido:

— Chegamos?

— Não. É só uma parada no cruzamento.

— Para onde vamos?

Todos no caminhão se entreolham, constrangidos, porque sabem que estão sendo levados para um campo de concentração. Guido prefere continuar no espírito da brincadeira:

— Ora, vamos... Você já me fez a pergunta mil vezes. Vamos até aquele lugar... Como se chama, mesmo? Ei, hoje é o seu aniversário, Giosué. Você vivia dizendo que queria viajar. Eu levei meses para organizar esta viagem. Mas não posso dizer aonde vamos. Não posso contar. Prometi à mamãe que não contaria. Senão, ela fica zangada.

Chegam à estação. Um trem com vagões para transporte de gado aguarda na plataforma. Uma longa fila se forma, ladeada por soldados alemães armados. Guido continua a brincadeira com o filho.

— Estamos partindo bem no horário! Quanta organização! Nunca andou de trem, certo, Giosué?

— Nunca. É legal?

— Muito legal. Você precisa ver. É todo de madeira, sem bancos, todos de pé!

— Não tem bancos?

— Está brincando? Bancos no trem? Dá para ver que nunca andou. Não! Ficam todos de pé, apertados. Olhe o tamanho da fila. Consegui as últimas passagens por milagre.

Enquanto isso, na estação, Dora conversa com o comandante. Insiste em embarcar no mesmo trem, embora não seja judia. O comandante termina por ficar impaciente com a insistência e autoriza o embarque. Assim, a família parte para o campo de concentração. Todo o restante do filme se passa lá. O foco da narrativa é o comovente esforço de Guido para proteger Giosué do terror e da violência que os cercam. E a sua constante e imaginativa batalha para fazer com que o filho acredite que está participando de uma brincadeira. Para se ter uma ideia, Guido passa o primeiro dia, com vários companheiros, carregando lingotes de ferro até a fornalha, para fundir. Cansado, fraqueja e quase para, mas é ameaçado de morte. Voltando ao dormitório, ainda encontra forças e se faz de alegre para Giosué. Conta que ambos foram inscritos em uma gincana.

— E quantos pontos marcamos hoje, papai?

— Hoje? Eu fiz 50. Bem, 48 — tiraram dois pontos porque tropecei quando pulava amarelinha. Eu morri de rir, Giosué. Não vejo a hora de recomeçar amanhã. Amarelinha, pique, esconde-esconde... E você, que ficou escondido e ninguém encontrou, marcou 12 pontos. Então, 48 mais 12 somam 60 pontos.

— 60 pontos é bastante, papai?

Nisso, entra um companheiro de dormitório, que havia machucado o braço durante o dia, tendo sido levado, então, para a enfermaria. Chega com cara de dor, segurando o braço. Guido o saúda:

— Bartolomeo! Como foi?

— Pior, impossível. Levei 20 pontos.

Giosué cochicha para o pai:

— Nós marcamos mais pontos...

Guido responde, também cochichando:

— Não espalhe. Estamos na frente.

...

Ao final do filme, Vítor tomou para si a palavra. Quis fazer um comentário a partir do seu ponto de vista de pai, por entender a dificuldade de proteger os filhos e, ao mesmo tempo, de manter sempre o bom humor e a inventividade, para fazer com que o desenvolvimento seja mais harmonioso.

Começou com uma exclamação:

— Que pai extraordinário nos mostra esse filme! Fez a vida bela porque, assim, decidiu que ela deveria ser. A vida é bela porque alguém preparou a nossa mente para sonhar. E o sonho não pode se transformar em pesadelo. A vida é bela porque aprendemos o tempo todo a dar sentido a ela, a reinventá-la! Uma vida desperdiçada é um crime contra uma pessoa e contra a humanidade. Guido, pai de Giosué, no filme, sabia bem o que aconteceria com ele, mas queria poupar o filho, deixar que ele continuasse acreditando na delicadeza, no amor. E, por isso, fantasiou uma história. Não mentiu – acreditou no seu papel de pai. Deixou o mundo um pouco melhor para o filho. Preparou-o para o essencial.

Vítor emocionou-se, pensando em Valquíria. Não conseguiu mais falar, com um nó de lágrimas na garganta e um nó de saudade no peito.

35. Natal

No dia de Natal, Mara entregou a Francisco um poema de Cecília Meireles. Era um presente de aniversário e um símbolo do seu bem-querer por ele:

Cântico IV
Tu tens um medo:
acabar.
Não vês que acabas todo dia.
Que morres de amor.
Na tristeza.
Na dúvida.
No desejo.
Que te renovas todo dia.
No amor.
Na tristeza.
Na dúvida.
No desejo.
Que és sempre outro.
Que és sempre o mesmo.
Que morrerás por idades imensas.
Até não teres medo de morrer.
E então serás eterno.

O poema era uma despedida. Mara partiria para a Espanha na semana seguinte, logo após o *réveillon*. Fora uma decisão difícil.

A morte da mãe, o namoro sem sentido com Filipe, o estranhamento com os novos sentimentos por Francisco. Enfim, Mara precisava respirar e resolveu lançar-se para o mundo. Teve todo o apoio do pai.

Filipe, bem... esse não importava mais. No fundo, era um bobalhão. Um egoísta mal amadurecido. Sentia, ainda, um pouco do velho carinho por ele, mas a razão lhe dizia que não alimentasse nenhuma esperança de que ele fosse virar, algum dia, um homem digno de seu amor. E, dividida como estava pelo sentimento que descobriu nutrir por Francisco, até que não foi difícil passar uma borracha no que restou do nome de Filipe escrito em seu coração.

Era Francisco quem importava realmente. Por meio da poesia, despedia-se dele como quem parte para uma viagem da qual não se volta. Jamais conseguira se declarar e, assim, a ida para a Europa poderia ser até uma forma de fugir dele.

Seria aquele o último Natal na ilha. Possivelmente, o fim de uma história.

Pois é. Talvez, a história acabasse ali, mas a vida só acaba quando se morre. Por isso, é preciso continuar. Ademais, Natal é nascimento, recomeço.

Foi uma noite de muito carinho na pousada de Josefa e, também, de tristeza, por causa das ausências. Não apenas de Valquíria, que ninguém esquecia. Mas, ainda, de Paula, que não viera. Estava passando o Natal com o pai, um homem duro, que fazia questão das tradições – entre as quais, a de nunca, jamais, deixar que a mulher e que os filhos estivessem fora de casa naquela noite. A alegria exagerada de Paula podia ser uma maneira de compensar a rigidez e o mau humor do pai. O irmão dela não tivera a mesma sorte. Não era tão bem-humorado ou não sabia usar o humor para escapar das amarguras da vida.

Josefa preparou uma noite especial para celebrar o Natal. Ana aceitara, a custo, participar da ceia. Josefa pediu ajuda a Letícia para arrumar a amiga. Letícia era mulher de extremo bom gosto e, além disso, estava decidida a fazer uma bela surpresa à mãe de Francisco, por quem tinha especial carinho. Francisco era uma espécie de filho coletivo. Fernando, marido de Letícia, tratava-o como seu próprio filho. Navegador experiente, até por causa da profissão, ensinava ao rapaz os segredos do mar e da navegação. O casal, que acompanhava a vida de Francisco desde a sua mais tenra infância, queria, de algum modo, agradar a mãe dele, porque, assim, agradaria a ele, igualmente.

Paula resolvera pintar o cabelo de Ana no fim de semana anterior. Apesar de pouquíssimos fios brancos, o cabelo desalinhado e malcuidado dava-lhe um aspecto de mais idade do que ela realmente tinha. Na verdade, era até bem jovem, porque engravidara de Francisco com 19 anos. Tinha o rosto bem mais atraente agora, pois sorria mais. Os cabelos clareados emolduraram o rosto de Ana com uma luz quase divina. Um pouco de creme refrescante no rosto, uma discreta camada de maquiagem, rímel, e ninguém pôde crer que era a mesma mulher a entrar no refeitório da pousada, num vestido azul-escuro que enfeitava o corpo magro, esguio e bem-feito. Uma echarpe cor de vinho completava a imagem.

Francisco nem acreditava no que via. A mãe, de fato, era uma mulher linda. Só tinha ficado escondida embaixo da poeira. Mas, agora, era Natal, e nascia na manjedoura da pousada uma nova mulher. Francisco sorria, inchado de orgulho, e não sabia ao lado de quem ficar. Dividiu-se, durante a festa inteira, entre a companhia da mãe e a de Mara.

Mara procurava mostrar-se alegre o tempo todo. Estava serena com a decisão de viajar. E queria deixar uma boa lembrança de si mesma para os amigos. Era o seu último Natal ali, com aquelas pessoas queridas. Também era, possivelmente, a última oportunidade de estar ao lado de Francisco, porque sabia que a vida de ambos seria diferente dali por diante. Olhava-o de longe, com ternura, vendo-o se desmanchar em cuidados para com a mãe – que, afinal, se revelava uma beldade. Francisco amadurecera. Estava sempre bem barbeado, com um ar de homem feito. Vestia-se com bom gosto e com modernidade e, nisso, Mara foi forçada a admitir que Paula havia ajudado muito. Pensar em Paula causou-lhe um aperto no coração – mas ela sacudiu a cabeça e voltou a vestir um sorriso. O importante mesmo era que Francisco estivesse bem, feliz e cheio de planos. Em algumas coisas, ele não mudara: no aspecto reflexivo, na prosa medida. E, quando falava, mostrava inteligência e um conhecimento geral surpreendente para quem tinha vindo de cima de uma canoa.

Francisco a observava, sorrateiramente, como que tentando entender a razão de sua grande tristeza. Às vezes, os olhares cruzavam-se e, uma vez ou outra, ele abaixava os olhos, surpreendido pelo olhar dela. Mas, outras vezes, firmavam a mirada um no outro e sorriam. O sorriso mais terno do mundo. Nesses momentos, ele queria ampará-la, compensá-la dos sofrimentos. Como ele queria deitá-la em seu colo e alisar com delicadeza seus cabelos! Queria, mas não ousava.

Josefa pediu a atenção de todos para anunciar que fariam uma brincadeira séria. Eles se aquietaram. A proposta era esta: todo mundo deveria escrever, em um pequeno papel, alguma coisa da própria personalidade de que não gostasse e que quisesse transformar. E, assim, todos fizeram. No centro da roda, dentro de uma pequena ânfora de barro, tinha sido colocado um braseiro. Todos os bilhetes foram jogados lá dentro, para queimar. Josefa explicou o sentido da brincadeira, dizendo que o fogo tem o poder de transformar. E que o Natal, festa de nascimento de Jesus, festa da humildade, era um grande momento de transformação. Por isso, havia convidado todos os amigos a tomarem a decisão de destruir um hábito maléfico para que, a partir daquela data, todos passassem a ser melhores.

Vítor pediu a palavra, para falar de sua escolha. Disse, com grande convicção, que gostaria de transformar a tristeza e a saudade em mais amor pelas pessoas. Falava com o tom moderado de sempre, e qualquer pessoa podia ver que ele se referia ao enorme vazio deixado por Valquíria. Enquanto falava, dirigindo-se a todos os presentes, passeava os olhos pela sala. Enxergou Ana, linda, fresca, e não pôde desviar os olhos dela. Intimamente, censurou-se por não ter prestado atenção nela antes. Ana sorriu-lhe de volta, num gesto de pura simpatia e amizade. Durou alguns poucos segundos a troca de olhares, mas pareceu que os dois estavam se vendo pela primeira vez.

Logo depois do discurso, Ana aproximou-se dele, quebrando sua costumeira timidez, para cumprimentá-lo pelas palavras. Disse que admirava um homem capaz de amar com tamanha intensidade sua mulher. Ele agradeceu, emocionado, e a conversa entre os dois seguiu por longo tempo. Josefa observou a cena com a certeza de que era bom para Vítor conversar, sair do luto e se alegrar um pouco. Ficou feliz, também, em ver que sua amiga Ana, mais solta, mais sociável, era a pessoa que estava conseguindo espantar a tristeza de Vítor, pelo menos durante as horas em que conversaram naquela noite de Natal.

Durante a festa, ainda houve outra brincadeira, proposta por Josefa. Agora, era hora de escrever, em um papel, uma meta, um objetivo para o ano seguinte.

– Esse bilhete nós não vamos queimar. Vamos guardar – disse ela. – Vamos guardar, porque uma vida sem meta não merece ser chamada de vida.

Cada pessoa guardou seu papel, sem poder revelá-lo a ninguém.

Não se sabe qual foi a meta de cada um, mas, no papel de Francisco, foi possível ler, antes que ele o guardasse dentro da carteira:

Minha meta é fazer o que eu puder para Mara ser feliz.

36. Resgate

No dia seguinte, feriado, Francisco dormiu um pouco mais. Natural, porque a festa terminara de madrugada. Despertou, lavou-se, tomou café e seguiu para a pousada. Já era tarde. Vítor e Mara haviam partido. A moça deveria embarcar no início da noite, e ainda era necessário terminar algumas malas.

Mara não se despediu de ninguém. Nem chegara a dormir, pensando em todos os que deixava para começar vida nova em outro país.

Para Francisco, apenas deixou uma mensagem, um bilhete curto:

Não vá nunca se esquecer de mim, hein? Tua Mara

O sentimento de solidão que tomou conta de Francisco foi tal que ele precisava fugir, espairecer, desanuviar as ideias. Saiu andando absorto, lentamente, no início. Apressou o passo depois dos primeiros dez minutos, porque lhe ocorreu que, de cima do penhasco, talvez ainda pudesse ver a lancha de Vítor cruzando o braço de mar. Bobagem, a lancha devia estar longe, fora do alcance da vista. Mas ele não estava em condições de pensar racionalmente. Começou a correr. Em pouco tempo, estava ofegante. Apesar disso, não parou. A clareira era logo ali. Só mais um pouco. O coração palpitava forte, e ele ouvia cada batida como se fosse um estampido de tiro ecoando no peito. O fluxo de sangue era tão rápido que fazia a jugular saltar como um tambor. Corria pela trilha da floresta. Tudo estava quieto e calmo. Nenhum movimento, a não ser o voo dos pássaros, um ou outro estalido de bichos caminhando pela mata.

Chegou à clareira. Com mais um pouco de esforço, alcançou a beira do penhasco e olhou para o mar, com a mão na frente dos olhos, como a pala de um boné. Nada. Um navio petroleiro estava ancorado ao longe, no mar aberto. Não se via a lancha. Nem sinal dela. Dava-se conta, afinal, de que fora até ali sem razão. Relaxou um pouco, resignado com a partida da amada. Encolheu-se, como um feto. Aquietou-se. Que tristeza! Acabou adormecendo novamente, esgotado da caminhada e da intensidade das emoções pelas quais vinha passando nos últimos tempos.

Quando despertou, o sol começava a mergulhar, ao longe, no horizonte, derramando cores quentes sobre a superfície da água, incendiando o oceano. Era uma visão tão linda que Francisco recobrou um certo ânimo. O sol se punha como se tivesse se cansado de brilhar tão alto e tão fortemente. Um espetáculo belo assim, de água polvilhada de brilhos e de reflexos alaranjados, não podia ser contemplado em estado de amargura. Não era justo estar triste diante de tamanha beleza, de tamanha prova da existência de algo certamente mais sublime e mais magnífico do que as coisas simples da terra.

Levantou a cabeça, para poder ver o pôr do sol de frente. Nisso, olhando para o abismo, lá embaixo, viu a plataforma sobre a qual Valquíria fora encontrada. Um reflexo insistente feriu-lhe os olhos. Não tinha ideia do que poderia ser. Decidiu investigar.

Deu a volta e tomou uma trilha que levava à plataforma, margeando o despenhadeiro pelo outro lado. Com alguma dificuldade, atingiu a plataforma e sentiu-se sensibilizado por estar no mesmo local onde morrera sua fada madrinha, sua querida Valquíria. Recuperou-se depressa da tristeza e passou a procurar o que estava refletindo os raios do sol. Não demorou a ver, numa fenda da rocha, uma máquina fotográfica digital. Certamente, estava com Valquíria quando ela caiu. Apanhou a câmera e subiu, não sem antes fazer uma pequena prece.

Foi, pelo caminho, imaginando o que fazer. Queria entregar logo a câmera para Vítor. Seria, em primeiro lugar, um excelente pretexto para contatar Mara. Seria, também, como um resgate, para a família, da última pose de Valquíria. Seria, ainda, uma forma de copiar as fotos e de saber quais teriam sido os últimos passos dela.

O problema era que haviam se passado dois meses desde a queda de Valquíria do penhasco. Por dois meses, a câmera tinha ficado sob o sol e sob a chuva, sendo atingida, continuamente, pela maresia e pela salinidade do ar. Estava amassada de um lado, com o visor partido, e as pilhas tinham explodido no magazine, espalhando uma meleca ácida que corroeu parte da carcaça. Talvez, ainda fosse possível consertar o equipamento. Bem, o importante, primeiro, era esperar que Vítor aparecesse na ilha novamente, para entregar a ele a câmera. Era um homem experiente e saberia o que fazer.

37. Preparativos para o réveillon

Chegou a noite de Ano-Novo, e a festa na pousada foi ainda mais concorrida do que no Natal. A pousada estava repleta de turistas e de moradores da ilha. Seu Valdemar conseguiu levar dona Rosa, uma das moradoras mais antigas, para a festa. Era uma mulher encantadora, que tinha a sabedoria do tempo. Uma contadora de histórias de mão cheia. Pouco saía de casa depois da morte do marido; tinha ficado abalada ao perder o companheiro, com quem passara mais de cinquenta anos casada. Na verdade, seu Valdemar foi buscar dona Rosa, mas quem a convidou foi Paula.

Aconteceu assim: Paula chegou na manhã do dia 31 e foi direto para a casa de Francisco. Ele estava fora, cuidando do embarque de uma caixa de amostras para análise. Paula aproveitou a manhã e ficou conversando com Ana. Naturalmente, como cabeleireira, sua primeira observação foi a respeito dos cabelos da amiga.

— Gente! Fui eu quem deixou esse cabelo de milho na sua cabeça?!

Ana, conhecendo o espírito brincalhão de Paula, não se importou. Principalmente, porque, logo em seguida, a moça emendou:

— Vou dar um trato e deixar você melhor ainda, Ana. Uma verdadeira boneca! Vou despontar um pouco, fazer alguns acertos...Vai parecer minha cunhada, e não minha sogrinha!

Era uma brincalhona atrevida, Paula, e era isso mesmo que lhe granjeava muitas simpatias. Uma ou outra pessoa, como seu

Vicente, achava que ela era um pouco intrometida, mas relevava o defeito, por conta de seu temperamento alegre.

Ana sorriu, pensando consigo mesma como havia gente interessada em sua aparência, ultimamente. Depois de mais um pouco de conversa, saborearam um cafezinho fresco e, em seguida, Ana sentou-se, pacientemente, em frente ao espelho, deixando que Paula aplicasse seu conhecimento técnico.

Paula não parava de falar. Variou de assunto muitas vezes. Falou dos enfeites da cidade para o *réveillon*, do salão, de Francisco, até da canoa. Mostrava uma curiosidade infantil sobre detalhes da embarcação. Perguntou de que madeira eram feitas as canoas, se eram usadas árvores da ilha ou se traziam material de fora, quanto pesavam, que tipo de instrumento se usava para fazer entalhes, que velocidade atingiam se bem-feitas. O assunto esbarrou no nome de Joaquim Vilaça. Ana reagiu imediatamente, mudando de assunto com discrição, mas com firmeza. Não ficou nenhum mal-estar em relação a isso, e a conversa prosseguiu, sem problemas.

Terminado o cabelo, Ana aprovou as modificações. Agradeceu. Ainda tinha muito o que fazer até que fosse a hora de preparar a festa de Ano-Novo na pousada. Paula ficou um pouco mais por ali, sempre falando bastante, matraqueando como uma arara, mas tinha algo em mente. Sabia que Francisco não estaria livre do trabalho antes do fim da tarde. Avisou Ana que daria um passeio e que voltaria à tardezinha. No píer, cumprimentou um moço, que esperava num barquinho a motor. Subiu, e foram para o norte da ilha.

38. Aliança

Era a Festa do Branco. Todas as pessoas foram avisadas e obedeceram, vestindo-se com roupas dessa cor. As velas que enfeitavam a pérgula de entrada da pousada eram brancas. As flores eram lírios e copos-de-leite. As lâmpadas, todas, foram substituídas por fluorescentes brancas. A mesa de doces estava montada com tudo branco e, apenas, com alguns detalhes vermelhos, como no caso dos morangos e das cerejas. O restante era pudim, manjar de coco, maria-mole, arroz-doce, canjica e sorvete, tudo branquinho, em terrinas de cristal. O teto estava inteiramente enfeitado com balões brancos. Os tapetes eram todos brancos. Era como passar um *réveillon* nas nuvens.

Dona Rosa chegou logo no começo da noite, amparada pelo braço de seu Valdemar. Foi recebida com festa por Ana e por Josefa, que cuidaram de tudo para que ela se sentisse acolhida. Era uma mulher preparada, com formação em sociologia, que se decepcionara com a vida urbana e selecionara uma comunidade afastada para viver. Vestia-se com grande simplicidade, o que não fazia a menor diferença, porque o brilho estava nela, não na roupa. Tinha um olhar astuto e, ao mesmo tempo, de uma doçura transcendente. Seu tom de voz era suave, descansado, de quem fala com a certeza de que será ouvido. Caminhava devagar, com firmeza. Seus gestos eram largos, como grandes abraços simbólicos.

Foi passando pelas pessoas e cumprimentando-as, com muita polidez. Via-se que era simples, pobre, até, usando uma túnica e um xale surrados, mas de uma nobreza natural, que dava na vista. As pessoas acenavam para ela, cumprimentavam-na, todas bem impressionadas com a presença dessa matrona.

Marina e Carla, as amigas inseparáveis da faculdade, agitavam a festa. Matraqueavam sem parar, dançavam. Carla chegou a derrubar um copo de ponche, que se espatifou no chão, respingando em quem estava mais perto. O tenente Fernando, assustado, deu um passo ligeiro para trás. Não queria sujar a farda de gala, branca, de galões e de divisas azul-marinho. Letícia, a esposa, divertiu-se com a esquiva rápida do marido.

Letícia trabalhara durante algum tempo numa clínica da capital, logo que se formara em psicologia. O casamento e a transferência de Fernando para servir na Guarda Costeira, naquele litoral, obrigaram-na a deixar a profissão para mais tarde. O marido precisava dela, e se sentira obrigada a compensar, com lealdade, essa expectativa. Debatera-se no início, porque achava que estaria traindo seus planos e seus projetos de vida. Desde a adolescência, sonhava poder mudar alguma coisa no mundo, por mínima que fosse sua contribuição. Observava pessoas nos ônibus, no trânsito da cidade, nas lojas. Via muita ansiedade, amargura, desconfiança. O mundo pesava sobre seus ombros. De alguma forma, ela queria se esforçar para diminuir a tensão entre as pessoas. Acreditava que, melhorando alguém, ela melhoraria o grupo dessa pessoa, numa operação de multiplicação de agentes. Chegara a conseguir sucesso na primeira experiência profissional, como orientadora vocacional de uma escola pública. Em seu cotidiano de atender crianças hiperativas ou, pelo oposto, apáticas, acabava descobrindo falhas no processo de comunicação entre pais e filhos. E passou a colecionar anotações sobre a influência das atitudes dos pais no desenvolvimento das crianças. A questão era apaixonante e remetia à sua própria experiência em casa. Filha única, tinha sido sufocada de mimos e de proteção pelos avós, pelos tios, pelos pais. Teve tudo para se tornar uma adolescente alienada, distanciada dos problemas reais da vida, mas seu perfil era o de pesquisadora, e sua personalidade era analítica. Queria saber os porquês. Queria descobrir razões ocultas. Queria viver, enfim. E foi essa sede de compreensão que a livrou de ser apenas mais uma burocrata da educação. Nos poucos anos em que atuou na escola, foi percebendo que a maior contribuição que podia dar era estimular os pais a pensar em coisas além dos próprios projetos pessoais e a encarar os filhos como pessoas inteiras, integrais, com personalidade, com sonhos, com expectativas, com talentos e, até, com defeitos. Tinha convicção de que ajudava, um pouco a cada dia, que famílias tomassem consciência de suas limitações e que lutassem contra elas. O progresso profissional aconteceu com um convite para ingressar na clínica, onde trabalhou por quase um ano. Planejava especializar-se, seguir carreira. Não contava, porém, com um galante marinheiro, que foi desfilar diante dela uma farda branca e um olhar apaixonado. Essa nova presença em sua vida alterou, sem trauma, sem confronto, os seus projetos. Terminou abandonando a profissão para acompanhar o marido. Abrir mão da carreira acabou não sendo, no fundo, uma perda. Era feliz com Fernando. E não se arrependeu nunca, porque tudo é experiência e tudo é aprendizado. Além disso, Letícia adorava cuidar da casa e da família. E, na ilha, encontrou farto material para aplicar os seus conhecimentos técnicos, ainda que de modo mais informal e mais cotidiano.

Tornara-se próxima de Mara desde que passara a frequentar a ilha. Identificava-se com ela, e parecia-lhe ser capaz de ajudá-la a atravessar o conflituoso período da adolescência. Ficaram íntimas, de fato, depois da morte de Valquíria. Apoiou a mocinha desde o primeiro momento da notícia da morte da mãe. Ficaram muito amigas. Passaram a conversar longamente, e Letícia era a única pessoa que sabia dos sentimentos de Mara. Lamentava, no íntimo, que a moça tivesse descoberto a paixão por Francisco tão tarde, porque amava os dois como filhos e teria ficado feliz em vê-los juntos. Sentia uma ponta de desconfiança em relação a Paula. Imaginava que pudesse ser ciúme. Seu lema, porém, até por causa da profissão, era deixar que a vida seguisse seu próprio caminho, respeitando as escolhas de cada um. E sabia que essas coisas de amor não precisam de mensageiros. Acontecem como têm de acontecer. Sabia, também, que o sofrimento faz parte do processo e que o desencontro, muitas vezes, contribui para enriquecer a alma. Foi ela quem acompanhou Mara até o aeroporto, para vê-la embarcar, com o coração naufragado em tristeza. Manteve correspondência constante com ela, contando tudo o que sabia e, cada vez mais, sendo informada de tudo quanto se passava com Mara – distante dos amigos, mas buscando ser feliz.

Dizem que os opostos se atraem. Não é verdade. As pessoas aproximam-se muito mais por causa do que têm em comum, pelas semelhanças, do que pelas diferenças.

Letícia e dona Rosa olharam uma para a outra, na festa de Ano-Novo, e uma identificação imediata se deu. Seguraram-se as mãos, sorriram e souberam desde logo que eram pessoas de alma boa.

Depois dos festejos tradicionais, da contagem regressiva, dos fogos, a festa passou a transcorrer num clima mais ameno. As pessoas estavam sentadas, conversando. Francisco, ao lado de Paula, esforçava-se para fazer cara de alegre. Via-se, porém, que uma nuvem lhe deixava o coração em sombras. Paula, por sua vez, não se dava por achada e continuava a ser a *miss* simpatia da festa.

Aproveitando o momento de calma, Josefa pediu que dona Rosa contasse a lenda que explicava o nome da ilha. Dona Rosa não se fez de rogada e começou a falar com tal mansidão e com tal suavidade que todos se calaram, para se embalar ao som daquela voz sábia.

— Todo mundo sabe que caiçara é meio índio. Por isso, a gênese de todos os moradores desta ilha tem uma mistura indígena — riu gostosamente. — Não se sabe quando teria acontecido essa história. Vem sendo contada por todas as avós, há muitos e muitos anos. Mas, vocês sabem, os costumes mudam, as pessoas trocam as histórias ao pé da fogueira pelos programas de televisão.

Os presentes trocaram sorrisos compreensivos diante da observação de dona Rosa. Paula cutucou Francisco:

— Fiz bem em convidá-la, não foi?

— Foi sim, Paula. Muito boa ideia.

Dona Rosa prosseguiu:

— No começo dos tempos, houve um índio que teimou em se apaixonar por uma prisioneira. A mulher era branca. Tinha sido tomada de uma tribo inimiga da ilha vizinha, depois de uma luta. Ninguém sabia de onde viera aquela mulher diferente, de cabelos de fogo e de língua indecifrável.

Todos perceberam que a história seria interessante e aumentaram a concentração, saboreando cada palavra daquela narradora especial.

— Nosso índio apaixonado se chamava Apoena, "aquele que enxerga longe". Os pais haviam escolhido o nome porque previam para ele um futuro belo, de glórias guerreiras. Ele caiu de amores no primeiro momento em que viu aquela cativa hipnotizante e bela. Mas ocorreu que a mulher branca tinha sido prometida para o filho do morubixaba. O morubixaba, homem justo, não privilegiou o filho apenas por ser seu filho e o futuro cacique da tribo. Não, porque um líder premia o esforço e o talento de um homem, e não o fato de ele ser *anacê*, "parente". E propôs uma disputa.

Letícia suspirou. Quanto conhecimento revelava aquela mulher de aparência simples e de hábitos despojados!

Dona Rosa continuou a história.

— A disputa foi realizada em algumas etapas. Nas provas de habilidade, Jacapiranga (como se chamava o filho do morubixaba, por ter sempre o peito pintado de vermelho) e Apoena ficaram igualados. Eram dois bravos homens e haviam aprendido as melhores técnicas com os melhores guerreiros. Nas provas de caça, também. No confronto direto, bateram-se com tal bravura e por tanto tempo que caíram, cada um para um lado, extenuados, sem que houvesse vencedor. O morubixaba foi obrigado, então, a apresentar um desafio final. Venceria e teria a mão da prisioneira aquele que entregasse a ela o presente que mais lhe agradasse. Saíram os dois índios em busca das mais lindas flores, das mais deslumbrantes penas de pássaros, das rochas mais polidas. A cada coisa que encontravam, pensavam que, um pouco adiante, poderiam encontrar algo mais perfeito. O prazo para a entrega da prenda decisiva era o pôr do sol. Lá pelo meio-dia, sol a pino, nosso Apoena vinha trazendo um cesto trançado, que enchera de rochas roladas do riacho, cada qual com um formato e cada qual com uma cor. O cesto transbordava de reflexos e de minúsculas belezas agrupadas. Mas eis que...

Dona Rosa parou para tomar um gole de ponche.

Carla não se conteve:

— O que aconteceu, dona Rosa? Conte, conte!

— Pois Jacapiranga, escondido no mato, ajustou, no caminho de Apoena, uma armadilha. Apoena tropeçou e todos os presentes rolaram pirambeira abaixo. Mas Tupã é justo e tudo vê. Dois curumins, pequenos índios, a tudo assistiram — e ficaram perplexos com a traição de Jacapiranga. Correram para a aldeia e contaram a todos o que havia acontecido. O cacique ficou indignado com a atitude do filho, só que decidiu esperar até que o prazo vencesse para dar a sentença. Os índios, no entanto, temeram que, ao longo do resto do dia, Jacapiranga conseguisse encontrar uma prenda mais linda e mais impressionante e acabasse por vencer, mesmo depois de ter agido mal. Reuniram-se todos e foram procurar Apoena. Encontraram-no mergulhando no mar, porque no fundo encontraria pérolas para enfeitar o colo da cativa. Quando ele subiu, para tomar novo fôlego, trazia um grande susto estampado no rosto. Os índios temeram que ele tivesse encontrado uma serpente marinha, um peixe mau ou uma sereia amaldiçoada. Nada disso. Apoena contou que vira, embaixo d'água, um navio afundado. Dentro dele, havia algumas arcas e alguns baús. O que ele queria trazer, no entanto, era uma caixinha de madrepérola, delicada, para presentear a prisioneira. Mas era fundo demais... Ele não conseguiria.

A menção ao navio naufragado causou certo alvoroço na plateia. Francisco sorriu da fantasia. Paula também. Ele pensava em outra coisa.

– O que fizeram os índios, então? – perguntou dona Rosa.

Ninguém se atreveu a arriscar um palpite. Dona Rosa sorriu, com a placidez de um monge, e concluiu a história.

– Os índios fizeram uma corrente humana, em que cada homem era um elo. Deram-se as mãos e eram tantos que, de mãos dadas, foi possível fazer com que Apoena, o primeiro da corrente, conseguisse chegar até o navio naufragado, retirasse a caixinha e a fizesse chegar à superfície, passando de mão em mão. E festejaram uma vitória coletiva. Uma vitória da aliança.

A narrativa calou fundo em todos. Muita gente se pôs a pensar na simbologia contida na história singela do bravo Apoena. Paula, porém, ficara impressionada com outra coisa:

– Um navio afundado, dona Rosa... Será que é verdade, mesmo?

— Ah! Minha filha, toda lenda tem, por definição, uma base real. Pode ser que exista mesmo um navio nesta região.

— Se existe, por que ninguém procurou ainda?

O tenente Fernando interveio:

— Expedições de pesquisa para recuperação de navios naufragados são extremamente caras, Paula. Demandam equipamentos, oxigênio, iluminação, mergulhadores especializados, apoio de oceanógrafos, sonares, aparelhos de telemetria, contêineres especiais. Além disso, um projeto de pesquisa desse porte precisa de várias autorizações, de formulários, de pedidos aos órgãos de proteção ao patrimônio. É algo muito mais difícil do que se pensa, principalmente quando não se tem informação exata do local do naufrágio.

— Entendo — disse Paula, pensativa. — E os índios, certamente, não faziam mapas...

Todos riram da cara de desapontamento de Paula, que aproveitou para fazer mais uma careta engraçada.

Marina aproximou-se, curiosa, e perguntou:

— E Apoena se casou com a prisioneira, dona Rosa?

Dona Rosa sorriu, saboreando a dúvida da mocinha.

— A história não diz, Marina. É quase certo que sim. O morubixaba era um homem justo. Com certeza, cumpriu sua palavra.

A madrugada ia alta. Hora de cama para todo mundo. Nas despedidas, uma cena passou ligeiramente despercebida a todas as pessoas. Dona Rosa aproximou-se de Letícia, e as duas trocaram um afetuoso e prolongado abraço. Ao ouvido da nova amiga, dona Rosa cochichou alguma coisa, cheia de prudência. Ninguém soube o que ela disse. Era, com certeza, algo de muita seriedade. Dona Rosa não gastava palavras à toa.

Francisco voltava para casa com Ana. Pediu a Paula para ficar sozinho com a mãe. Na caminhada, chorou demoradamente, sem ter coragem de dizer o que tinha. Ana o abraçou com tamanha ternura que parecia querer compensar tantos anos de presente ausência. Quis saber os motivos da dor. Ele disfarçou e pediu apenas afeto. Ela falou de Paula e do amor entre eles. Ele pensou em Mara, que não o amava, e chorou ainda mais. Do outro lado do oceano, no Velho Continente, Mara não entendia por que Francisco amava Paula.

Mesmo com o fuso horário diferente, dormiram praticamente na mesma hora e sonharam sonhos muito parecidos.

39. Longe

Vítor havia recebido um convite para participar de uma missão científica promovida pelo Ministério da Marinha. Com a viagem de Mara, não havia razão para recusar a tarefa. Por isso, embarcou no navio Barão de Tefé e integrou uma equipe para pesquisar plânctons na costa da Antártida. Ficaria fora por seis meses, porque a pesquisa abarcaria os últimos meses do inverno e os primeiros meses da primavera antártica. O objetivo era entender a dinâmica de reprodução desses organismos errantes. Antes de viajar, mandou uma mensagem para Josefa, pedindo que mantivesse vivo o projeto do Cine da Gentil Aliança e avisando sobre sua prolongada ausência.

Assim que soube da viagem de Vítor, Francisco decidiu que guardaria a câmera que encontrara e a entregaria a ele na volta. Não contou a ninguém a respeito do achado, por nenhuma razão. Apenas porque considerava que o assunto era coisa que só dizia respeito a Vítor e a Mara. E considerava que a ele, Francisco, só cabia ser o guardião da lembrança até que tivesse oportunidade de devolvê-la. Embrulhou-a com todo o cuidado e guardou-a no fundo da gaveta da cômoda.

Na Universidade Complutense de Madri, Mara esteve muito atarefada durante os primeiros meses. Além de todas as questões inerentes a qualquer estudante que chega para acompanhar um curso universitário em outro país, havia providências de alojamento e de alimentação e a adaptação ao inverno rigoroso da Europa. E havia, também, as dificuldades normais com a língua.

Apesar de ter aprendido o espanhol, é sempre um choque a imersão de um falante não nativo no país onde não se fala absolutamente o português. Inteligente e rápida, adaptou-se em pouco tempo, mergulhando seriamente nos estudos. Até que se sentisse à vontade, passaram-se três meses. Três longos meses. Chorava, muitas vezes, de saudade da mãe, pela distância do pai, pela impossibilidade de um futuro ao lado de Francisco. Francisco amava Paula, e nada havia que pudesse ser feito. Sentia-se, às vezes, profundamente infeliz. Mas a decisão estava tomada. Perdas, porém, são sempre difíceis de superar. Começou a escrever, um pouco a cada dia, uma extensa carta para Francisco, um grande depoimento íntimo. A carta funcionava como um diário, porque não tinha coragem de enviá-la. E, assim, o diário passou a ser o seu companheiro. Com tudo isso, demorava a escrever para os amigos. Acabou surpreendida, porque foi ela quem recebeu, primeiramente, uma carta. Era de Letícia.

Era uma carta maternal, amiga e acalentadora.

Mara terminou a leitura da carta de Letícia com uma imensa saudade no peito. A referência implícita ao seu amor por Francisco lhe trouxe calor novo ao coração e força nova para seguir estudando. Aliás, estava na hora da aula. Apanhou os livros, agasalhou-se para enfrentar o forte frio e caminhou pela alameda que levava ao *campus*. Foi refletindo sobre as diferenças entre o sistema educacional brasileiro e o espanhol. E avaliou quanto estava aprendendo, a despeito de toda a tristeza e de toda a saudade.

Pensou no pai, hibernando no inverno antártico, e sentiu-se ainda mais só. Ainda mais longe.

40. Um telefonema

A carta de Letícia restabeleceu a conexão entre Mara e a ilha. Era, aliás, o pretexto de que Mara precisava para se entusiasmar a escrever. Respondeu rapidamente, contando como se sentia na Espanha, sobre seus anseios, sobre suas dúvidas e sobre sua saudade. Foi uma festa para todo mundo receber notícias dela. Letícia fez questão de dizer o que Mara falava de cada um em sua carta.

Logo após a sessão, Francisco se aproximou de Letícia. Queria lhe falar em particular. Sabia da sua intimidade com Mara e, por isso, queria um conselho sobre como agir em relação à máquina que encontrara. Letícia ouviu com toda a atenção e prometeu pensar num jeito de fazer a máquina chegar aos donos. Combinaram que o assunto continuaria sendo tratado discretamente, até porque não interessava a ninguém mais da ilha.

Nas correspondências seguintes, Mara e Letícia discutiram as possibilidades de recuperação da câmera fotográfica. Mara conhecia, em Madri, um especialista em restauração de equipamentos eletrônicos, graças ao grupo de amigos da faculdade. Pediu a Letícia que enviasse a máquina pelo correio, e ela assim o fez. Na Espanha, foi um trabalho paciente do velho Pablo, um artesão da fotografia, recuperar o equipamento. A máquina ficou quase nova. Apenas uma coisa ficara para trás, perdida no fundo da gaveta da cômoda de Francisco: o *chip* de memória, onde estavam registradas as fotos feitas por Valquíria.

Numa noite de sábado, a pousada se alvoroçou.

O telefone tocou. Era Mara!

Quis falar com várias pessoas, dizer da saudade, mas também não podia ficar muito tempo falando, porque a ligação internacional era cara. A alegria era evidente em todos. Mara deixou Francisco por último. Ele, aliás, estava até amuado, imaginando que não teria oportunidade de falar com a amiga. Um aceno agitado de Josefa chamou-o ao aparelho. E ele foi correndo, como se estivesse flutuando em nuvens, falar com Mara.

Foram gaguejos, de parte a parte, juras de saudade, de carinho, de amizade. Mas havia um pedido a fazer:

— Escute, Francisco. Mandei arrumar a máquina da mamãe encontrada por você. Está nova outra vez. Mas tem uma coisa que deve ter ficado aí, com você: uma plaquinha azul, um *chip*, que é a memória da máquina. Você se lembra de tê-lo visto?

— Sim, sim, Mara. Ficou no saquinho plástico, na gaveta da minha cômoda. Só depois que entreguei a máquina para a Letícia foi que percebi que o *chip* havia caído.

— Está bem, está bem. Não tem problema. É que estive pensando que as últimas fotos que ela tirou podem ser importantes para a gente guardar. Quem sabe até para entender melhor como foi que ela morreu...

— Hã? Mas... foi acidente...

— Eu sei, Francisco, mas foi um acidente estranho. Você não acha, também? Faz um favor para mim, meu querido amigo: guarde esse *chip* com cuidado. Quando eu voltar, a gente vê juntos as fotos que estão nele. Não conte a ninguém sobre o que estamos conversando. A *ninguém*, viu?

— Mara, você está desconfiando de alguma coisa? – perguntou Francisco.

— Não sei. Não sei de nada. Vamos manter isso entre nós dois, está bem?

— Combinado. Vou fazer o que pediu.

— Tenho saudade, querido. Você tem saudade de mim?

— Muita, muita mesmo, Mara. Eu... — engasgou, não sabendo mais o que dizer.

— Tchau, amigo. Eu te quero muito, Francisco. Um beijo. Tchau.

— Você está chorando, Mara? Aconteceu alguma coisa?

— Não. É que eu acho que gostaria de ser a senhora do tempo, com o poder de fazê-lo voltar.

Francisco relanceou o olhar para Paula, que o observava, ao longe, com ar de ciúme.

— Voltar?

— Voltar àqueles passeios que fazíamos juntos, na sua canoa. Às nossas *conversas*, quando eu falava e você ficava com o olhar perdido, longe. Mas era outro tempo. Você mudou tanto! Eu mudei, também. Tenho pena de ver que acabou tudo, Francisco. Eu não sei o que está acontecendo comigo. Deve ser saudade da minha mãe. Enfim, não quero encher sua cabeça.

— Mara, eu...

Como ele quis dizer "eu te amo" naquele momento, mas sabia que Mara não era para ele e que, talvez, já tivesse encontrado, na Espanha, um amor. Além disso, Paula estava ali e, apesar do seu jeito espalhafatoso, dava muita alegria a Ana e, de fato, o amava.

— ...estou aqui para te ajudar em qualquer coisa.

— Fique bem. E desculpe a choradeira. Você é um pedaço de mim que ficou no paraíso.

Francisco regressou da ligação como quem regressa do céu. Ficou remoendo palavras fortes, como "amor", "saudade", "paraíso". Mergulhou em pensamentos — muitos, alegres; outros, nem tanto. Que mistério seria aquele de não contar a ninguém sobre o *chip*?

Paula, por sua vez, não ficou nem um pouco entusiasmada com a reação de Francisco ao telefonema. Sentia que ele se afastava dela. Mas era decidida. Lutaria com as armas que fossem necessárias.

41. Mudanças

Estava chegando o Natal, outra vez. Um ano de ausência de Mara. Mas Vítor estava de volta. E estar de volta significava mais do que se podia pensar: ele resolvera construir uma casa e morar na Ilha da Aliança.

Depois de longa permanência na Antártida, tivera tempo de fazer um balanço da sua vida. Era um pesquisador e queria continuar com seus estudos, cujo cenário principal era, exatamente, o ambiente marinho. Por isso, não via sentido em viver no continente, sozinho, tendo de se deslocar todo fim de semana para a ilha. Além disso, Mara estava longe, estudando, vivendo o que precisava viver. E a sua própria vida precisava continuar. Pensava que Valquíria teria aprovado a decisão. Tinham falado sobre isso. E juraram que quem sobrevivesse ao outro faria o que fosse possível para ser feliz e para fazer a filha feliz.

Portanto, a decisão não podia mesmo ser outra. A ilha era um ambiente de pesquisas e, também, era o local onde estavam os mais queridos amigos. Era ali que ele se sentia bem, acolhido, reconhecido, afagado. Estava resolvido. E pôs mãos à obra. Levou cerca de seis meses para completar o projeto, mas a casa ficou pronta. O período de construção tinha sido até uma espécie de divertimento, porque ele se envolvera na escolha do terreno, na limpeza e na terraplenagem, na contratação do arquiteto, na idealização da planta, na contratação da mão de obra, no acompanhamento dos operários, na construção em si, no acabamento, na decoração. Mara, de longe, dava os seus palpites, feliz com o entusiasmo do pai pelo novo projeto. Letícia ajudava muito, principalmente nas decisões de decoração, com bom gosto e com originalidade. E Francisco, exultante com a perspectiva de ser vizinho de Vítor, participava quanto podia. A casa nova tinha passado a ser um projeto coletivo da ilha. Além disso, como era uma casa grande e moderna, precisou de bastante gente para trabalhar nela. Pessoas que ficavam na pousada de Josefa, que consumiam na venda do seu Valdemar e no mercadinho, que participavam das sessões de cinema. Portanto, a casa levava uma nova agitação à rotina do lugar. Mais do que isso: fazia circular dinheiro, e a vila progredia.

Ao menos uma vez por semana, Vítor levava Ana para ver a evolução da casa. Sentia-se bem na companhia dela; talvez, porque lhe adivinhasse, por trás da timidez, uma atração crescente por ele. Experiente, conseguia perceber os sutis desvios de olhar, a mudança no ritmo da respiração quando conversavam mais de perto, os silêncios temerosos. Nas noites de solidão, Vítor lembrava-se, com grande carinho, de Valquíria. Sabia, porém, que a viuvez não devia impedi-lo de buscar a felicidade. Nem era justo permanecer solitário. Era um homem vigoroso, com muito tempo ainda pela frente, e não lhe agradava estar só. Além disso, caracterizava-se por uma postura de manter o coração aberto. E agradecia o que o mundo lhe apresentava. Desde a noite em que ficara conversando com Ana, na festa, percebera que havia identidade entre eles, gostos comuns, confiança. Tomou consciência, rapidamente, da afeição que começara a sentir por ela. E deixou-se levar. Resolveu, sem culpa, não se furtar à aproximação com Ana.

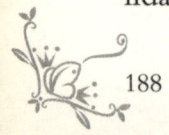

Mas era ela quem enfrentava um dilema. Sucumbia ao charme de Vítor, mas, ao mesmo tempo, morria de medo de sofrer outra decepção e de ser abandonada novamente. Todavia, era quase impossível resistir. Vítor era autêntico e tratava-a com naturalidade. Ouvia suas opiniões, respeitava seus temores. Em pouco tempo, fizera com que ela se sentisse parte da vida dele. Passaram a almoçar juntos, cada vez com mais frequência. Caminhavam pela praia nos fins de semana. Falavam de tudo. Vítor mostrava-se cuidadoso, para não magoá-la com inconfidências e para não assustá-la com interrogações. Sabia que Ana era uma mulher retraída quando se tratava de contatos sociais. Ele não tinha pressa. Até porque nem tinha elaborado um projeto sentimental. Apenas deixava que a vida seguisse seu curso, cíclico como o das marés.

Vítor decidiu que a festa de Natal daquele ano inauguraria a sua casa nova. Levaria todo mundo para lá. E seria uma linda reunião festiva, para celebrar a sua nova vida.

42. Uma canção ao mar

Nunca um relacionamento pareceu mais natural do que aquele. Na noite de Natal, foi anunciado que Vítor e Ana estavam namorando. E todo mundo achou ótimo. Francisco, especialmente, porque estava ganhando como presente o pai que sempre quis ter. Não que o anúncio fosse novidade para ele, porque Vítor o mantinha por perto e abria o coração para o moço com frequência, informando, perguntando, pedindo ajuda na organização das coisas da construção. Ouviam música nos fins de semana – durante os dias úteis, não era possível, porque Francisco ia ao continente, para a faculdade de ciências biológicas. Maristela havia conseguido mesmo que ele prestasse o vestibular. E foi graças à insistência dela que Francisco viera, duas semanas antes, exibindo a folha de matrícula para o segundo ano. Com excelentes notas.

Ana escolheu a própria ilha para a cerimônia de casamento. Uma cerimônia simples, que permitia que a paisagem fosse o adorno principal. Os dois eram muito queridos pelos habitantes da ilha e, de fato, a transformação de um e a de outro foram regadas pelo cuidado de uma conquista que se desenhava aos poucos. Ela, entendendo a dor de Vítor e percebendo que jamais substituiria Valquíria. Ele, acompanhando cada feição dessa nova mulher. A Ana das angústias, das poucas palavras, dera lugar a uma mulher expressiva. Mas sua prosa ainda era parcimoniosa. Preferia mesmo falar com os gestos e com a canção. Tinha uma voz esplêndida, angelical. Cantando, fazia com que os bordões de tristeza dessem lugar aos acordes de amor. E ela cantou no dia do próprio casamento. Emocionou até o padre, um simpático sacerdote que, uma vez por semana, rezava a missa na Capela de São Francisco.

Ana sonhara, a vida toda, casar-se na igreja. Com o pai de Francisco, não pôde realizar o sonho. As coisas haviam começado e terminado depressa demais. Agora, ela estava ali, menina de novo, ansiosa, olhando para o seu amado. Ana e Vítor eram dois jovens maduros que encontraram, nos desencontros da vida, motivos para recuperá-la.

Ana usava um vestido branco, simples, despojado. Um véu delicado cobria-lhe parcialmente o rosto. Levava um ramo de lírios nos braços, símbolo suficiente da paz que passara a habitar-lhe a alma, outrora revolvida por conflitos.

Vítor usava um terno de linho branco, com um pequeno cravo vermelho na lapela. Era um homem belo. Portava-se como um menino, olhando ternamente para cada pessoa, rindo sem economia. Estava ali, naquele altar de madeira de demolição, construindo uma nova cena para sua história.

Padre Altair falou de inverno e de primavera. O viajado sacerdote disse que, na Europa, quando é inverno e as flores se despedem, tem-se a impressão de que nunca mais voltarão. Parecem ter partido para a morte eterna. Mas, na primavera, elas surpreendem e ressurgem. Algumas, preguiçosas, desdobram-se lentamente, pétala por pétala, como se espreguiçassem; outras afloram de uma vez, atrevidas e apressadas. Voltam ao mundo para mostrar que o milagre da vida não termina no primeiro ato. A vida se renova, como a flor que morre no inverno e ressuscita na primavera. Cada um, à sua maneira, interiorizou a voz do sacerdote.

As juras de amor e de fidelidade deram-se ao som de um duo de violino e flauta. Dois biólogos, amigos de Vítor e de Valquíria desde os tempos da faculdade, tocaram a peça *Song of the seashore*.

Francisco emocionou-se talvez mais do que qualquer outra pessoa presente à celebração. Tinha os olhos fixos nos noivos. Simultaneamente, tinha os olhos fixos em lugar nenhum. Houve momentos em que esteve longe, pensando em quem não estava ali.

Mara não pôde ir. O curso exigia dela dedicação integral, e uma ausência, mesmo de poucos dias, poderia prejudicar todo o semestre. Lamentou não estar presente à cerimônia, mas sempre fora e sempre seria, em todos os momentos, o arrimo emocional do pai e a gentileza personificada para a madrasta, que amava. Mandou uma linda carta falando sobre amor e sobre superação, lida no final da cerimônia.

A aproximação entre Vítor e Ana havia estreitado a relação ligeiramente desmaiada de Mara e Francisco. Os dois não escondiam o contentamento de virarem quase irmãos. Crescia entre ambos um sentimento que sublimava as questões da paixão – embora nenhum dos dois houvesse confessado, um continuava amando o outro. Mas Mara achava que Francisco amava Paula, e Francisco achava que Mara jamais se interessaria por ele. Era rústico demais. Fora ensinado, em sua condição humilde, a se colocar no que as pessoas, em geral, consideravam ser o seu devido lugar. A respeito dessa dualidade entre as convenções sociais e o seu sentimento de homem, sabia que algo novo os unia. Um laço. Uma aliança, talvez.

43. Outra canção ao mar

Nunca um relacionamento pareceu menos natural do que aquele. Paula fazia do namoro uma maneira de forçar a sua presença junto a Francisco. Ele, por sua vez, gostava mais da companhia dela do que propriamente dela mesma. Era divertida, brincalhona, meio criança, às vezes. Ele não estava apaixonado. Tinha nela uma excelente interlocutora, carinhos bastante agradáveis, e via que ela se esforçava para descobrir seus gostos, seus segredos. Paula mostrava um especial interesse pelo pai dele, Joaquim Vilaça, o que não lhe parecia normal. Pensou, como explicação, que ela devia sentir falta de um relacionamento saudável com a família. Pelo que Paula contava, o pai dela – que nunca quisera lhe apresentar – era um homem rude, agressivo e insensível. Muito diferente de Vítor, que era a imagem da delicadeza. E, possivelmente, diferente de Joaquim, que, pelo pouco que ouvira, imaginava ser um sujeito simpático, sedutor, inteligente e atencioso. A curiosidade de Paula a respeito de Joaquim parecia ter mais a ver com navegação do que com personalidade e caráter. Bem, não importava... O que mantinha Francisco numa relação de namoro com Paula era, realmente, comodidade. Paula agradava Ana com todo tipo de mimo. Esforçara-se para fazer com que ela voltasse a se sentir bonita e segura de si – o que fora decisivo para que Vítor se apaixonasse. E, de algum modo, Francisco era grato a Paula por isso. Seus sentimentos, em resumo, nada tinham que ver com amor. Mas Francisco estava resignado. Paula mantinha-se ali, disponível, e fazia cara de choro à simples menção de um possível término de namoro.

Então, ele ficava com pena. E, por pena, continuava com Paula.

Num sábado à noite, Francisco deixou Paula na pousada e seguiu para a velha casa onde morava. Tinha decidido morar por mais algum tempo ali, sozinho, para permitir à mãe e a Vítor um começo de vida de casados com tranquilidade, com isolamento. Tinha sido, insistentemente, convidado a ir morar com eles e, afinal, prometera que iria. Não agora. Era melhor deixar passar um pouco mais de tempo. Vítor e Ana agradeciam a atenção, mas não deixavam nunca de cobrar a mudança do rapaz para junto deles.

Pois, naquela noite, Francisco encontrou a casa revirada. Principalmente, as gavetas. Alguém entrara e, com certeza, procurara algo específico, que devia ser um documento, porque só foram vasculhados lugares onde podiam ser guardados papéis. Assustado, correu para a casa da mãe e contou a Vítor o que encontrara. Os dois seguiram juntos, de volta, para verificar o que havia acontecido. Seu Vicente os acompanhou, com uma foice na mão. Comentaram no caminho:

– Coisa estranha... Nunca houve algo assim aqui na ilha, de invadirem casas, de praticarem roubo.

Depois de uma boa investigação na casa, Vítor estava certo de que a invasão havia tido mesmo um propósito bem definido.

– Sua mãe guardava dinheiro ou algum documento importante aqui?

– Não que eu saiba. Só papéis sem importância, documentos pessoais, cartas...

– Talvez, alguma coisa sua ou que seu pai tenha deixado... – sugeriu Vítor. – Havia algum documento deixado por seu pai aqui?

— Eu nunca soube. Minha mãe deve saber.

— Está bem. Vamos perguntar a ela. Mas, antes, vamos terminar de ver se falta algo.

Inspecionaram a casa toda novamente. Depois, trataram de arrumar a janela que fora arrombada (justamente, a janela do quarto de Francisco), fizeram uma boa escora e partiram. Vítor não quis deixar que Francisco dormisse sozinho na casa aquela noite.

— Alguém pode voltar – disse ele.

Pouco mais tarde, estavam de volta à casa nova. Ana foi encontrá-los na varanda, preocupada, já com um lanche pronto para todos. Sentaram-se e começaram a conversar. Vítor falou do que suspeitava. Ana não pôde ajudar na compreensão do que se passara.

— Joaquim falava bastante que nós teríamos uma vida melhor. Que ele estava trabalhando para isso. Principalmente, nos últimos dias, antes de sumir. Mas não deixou nenhum papel. Nem na casa, nem na canoa, que foi encontrada na praia, perto da Capitania dos Portos.

Francisco lembrou-se da canoa. Já não a usava, quase. Ia para a escola de lancha, porque Vítor fazia questão de que Francisco tivesse, ao menos, esse conforto. A canoa ficava bem guardada, e o rapaz cuidava para que ela estivesse sempre limpa e bem arrumada, caso ele precisasse.

— Joaquim nunca escreveu, Ana?

— Não, Vítor. Nunca deu sinal de vida.

Vítor coçou a cabeça. Que teria havido? Por que teriam invadido a casa?

Ficaram conversando mais um pouco. Em breve, seu Vicente pediu licença para se retirar, porque, na manhã seguinte, havia trabalho a fazer. Pouco depois, todos se recolheram – Francisco, para o quarto que, havia tempos, estava reservado a ele na casa. E a paz reinou, outra vez, na Ilha da Aliança.

Naquele mesmo momento, no atracadouro, uma silhueta podia ser vista contra a superfície da água iluminada pelo prateado do luar. Era uma mulher, sentada na escada defronte ao píer, enlaçando os joelhos com os braços, balançando para a frente e para trás. Cantava, bem baixinho, uma canção para o mar.

Olhando bem, era possível ver, ao longe, um barco a remo aproximando-se do continente. Um rapaz atlético ia remando com força para vencer a maré e chegar até a praia.

44. Eram irmãos

Outro ano se passou. Francisco tinha ido morar, definitivamente, com Vítor e com a mãe. Não conseguia deixar de chamar Vítor de professor, mas o carinho entre eles era mesmo de pai e filho. Ana estava feliz, como jamais fora em toda a sua vida. Ela mesma fez questão de doar a casa onde havia morado com Francisco para que fosse transformada em um centro cultural. Durante a semana, funcionava como escola, patrocinada pelo Instituto de Pesquisa das Coisas da Natureza, com alguns computadores e com uma biblioteca – onde havia, também, uma exposição de fósseis encontrados pelas próprias crianças da ilha em excursões orientadas. Dona Rosa foi contratada para coordenar o Setor de Tradições Orais, e as atividades que organizava eram as mais apreciadas pelas crianças e pelos visitantes. O Centro Cultural Doutora Valquíria Valentina Grandi, rapidamente, tornara-se uma referência de educação ambiental, de memória viva da cultura caiçara. Uma vez por mês, havia excursão até o extremo norte da ilha e, na comunidade isolada, os visitantes podiam observar como vivia uma sociedade típica de pescadores.

O auditório, que servia para cursos e para palestras voltados à pesca racional, ao reflorestamento, à agricultura sustentável e à reciclagem, tinha sido construído como anexo do centro cultural. Era um espaço bem montado, para cem pessoas. Foi ali que passou a funcionar o Cine da Gentil Aliança, coordenado por Josefa. Tornara-se um verdadeiro cineclube, ainda com sessões aos sábados, acrescidas de apresentações especiais e gratuitas para crianças, não somente às quartas-feiras, mas, também, aos sábados à tarde.

Ana cuidava do centro cultural como quem cuida de um projeto de vida – aliás, as ideias principais eram sempre dela, com a ajuda de dona Rosa e de Letícia.

Letícia, com a experiência de quem havia morado na capital, era a pessoa que cuidava de toda a documentação, encaminhava formulários e petições aos órgãos públicos. Encabeçava as investigações acerca da invasão da casa de Francisco, que, aliás, não tinham dado em nada. Apesar da destruição, nada havia sido roubado e, com o tempo, o caso caiu no esquecimento. Ou quase.

Quase, porque Letícia não se conformava que um caso esdrúxulo como aquele, misterioso e, ao mesmo tempo, criminoso, ficasse sem ser desvendado. E continuava, por isso, a analisar todas as informações que recebia, para compor uma análise do que podia ter acontecido na época. Eram muitas as ocupações, e ela foi deixando de lado a ocorrência. Até que...

Precisava, naquela manhã de outubro, encaminhar um pedido de autorização para a reforma do píer da ilha. Era uma reivindicação antiga dos pescadores e dos moradores e, agora, a questão fazia-se ainda mais urgente, graças ao afluxo de pessoas para os fins de semana na ilha. Chegou à Capitania dos Portos com muita sede e decidiu entrar para tomar um copo de água fresca antes de se encaminhar ao escritório do representante do Ministério da Marinha. Pediu licença para ir até o bebedouro e, lá, serviu-se de um copo de água gelada. Enquanto bebia, ouviu algumas vozes, um pouco alteradas, no escritório do chefe da Seção de Salvados. Não deu importância, no início, mas impressionou-se quando viu sair do escritório, com aparência contrariada, Paula, namorada de Francisco. A moça saiu batendo a porta, tão irritada que nem viu Letícia no fim do corredor. Suas últimas frases, dirigidas a quem estava no escritório, foram estas:

– Por que é que eu tenho de fazer tudo?! Mande o meu irmão resolver isso! A única coisa que ele fez foi tentar conquistar a moça... e achar... e não conseguiu nenhuma das duas coisas! Fica por aí como se fosse um riquinho, de festa em festa. Um babaca. Nunca vi alguém gostar tanto de aparecer. De mostrar o que não tem e o que não é.

Com a respiração suspensa enquanto Paula caminhava com pisadas duras, Letícia observou, pela janela, que a moça se encontrava com um rapaz, do lado de fora do prédio. Pela gesticulação de ambos, percebeu que eram íntimos e que ele era, com certeza, o irmão de que Paula falava havia pouco.

O rapaz era Filipe.

45. Decisões

Letícia voou para o escritório de Fernando. Ele não estava. Tinha saído em patrulha. Deixou um recado e foi resolver a documentação que precisava encaminhar. Estava muito ansiosa. Voltou para a ilha, depressa, na hora do almoço. Ela e Fernando também estavam morando lá, numa casa que haviam mandado construir bem perto da de Vítor e Ana.

À noite, houve uma reunião muito importante na casa dela. O futuro de muita gente estava para ser decidido naquele encontro.

46. De volta

Mara terminaria todos os exames na última semana de novembro. Com o curso tomado em tempo integral, conseguiria cumprir todas as disciplinas. Dedicada, tinha notas excelentes e voltaria com o curso finalizado. A recepção estava marcada. No dia 15 de dezembro, Mara retornaria, após dois anos de ausência.

Havia muitas novidades para Mara testemunhar. Ela acompanhava tudo a distância, graças às cartas de Letícia, que nunca deixaram de ser regulares. Ver, no entanto, era outra coisa. Mara, sem saber, já estava com a agenda cheia até a noite de Ano-Novo.

Francisco mostrava-se ansioso, impaciente, alternando momentos de efusividade com outros, de total introspecção. Perdia o sono com facilidade desde que recebera a notícia da volta de sua amiga e amada. Mais de uma vez, Vítor o surpreendeu acordado, de madrugada, sentado na varanda, no escuro, observando o mar. O mesmo mar que ele vira ser incendiado pelo sol, no entardecer do dia em que Mara fora embora, era, agora, uma grande massa líquida de prata, com o brilho altaneiro do luar. Por várias vezes, Vítor apenas observou aquele moço que sofria. Certa noite, não suportou e sentou-se ao lado de Francisco. Em silêncio, ficaram ambos no escuro, pensando cada um nos próprios quereres, nos próprios anseios. Foi uma cumplicidade tão íntima, e tão completa, que se podia dizer que cada um sabia exatamente o que o outro ruminava. Cada um sofria uma ausência. Vítor pensava em Valquíria e nas coisas bonitas que tiveram juntos. Feliz com Ana, não conseguia, porém, deixar de se entristecer, por conta da injustiça com que o destino tinha tratado Valquíria. Assaltava-o, nesses momentos, uma saudade que doía lá no fundo do seu coração, uma saudade que Ana respeitava e que até admirava, porque revelava que pessoa bonita, fiel e atenciosa era o marido.

Vítor sabia a razão de Francisco sofrer. Embora o rapaz não falasse nunca do seu amor por Mara, Vítor sabia. Enxergava o brilho nos olhos dele quando conversavam a respeito dela. Também sabia da transformação que se operava em Francisco quando chegava carta de Mara, ou quando ele se encaminhava ao correio para postar uma carta para ela. Vítor entendia o dilema que Francisco vivenciava.

Francisco sonhava, naquelas noites na varanda, em estar com Mara, em beijar-lhe a boca, em sufocá-la com carinhos, em abraçá-la com tanta força que seus corpos ficassem colados, dois em um só, perto, dentro. Conseguia, de olhos fechados, sentir seu perfume, ouvir seu riso, ver seu jeito de caminhar, sentir, na mão, o aperto da mão dela e, nos lábios, a maciez da pele do rosto dela.

Francisco abria os olhos, porque não era possível viver com eles sempre fechados. E, com os olhos abertos, enxergava Paula. Sabia que ela sofreria intensamente se ele decidisse romper o namoro.

Tinha um amigo de faculdade, psicólogo, que decidira mudar de vida e enveredar pela biologia. Esse amigo costumava dizer que as pessoas raramente ficam com o grande amor de sua vida. Aos 20 anos, Francisco achava que era assim mesmo, que amor era algo destinado a ser platônico, e que a escolha da mulher para se casar era uma combinação de fatores, como companheirismo, amizade, identificação, bom humor. E todos os fatores apontavam para Paula. Parecia, cada vez mais, que o relacionamento deles se encaminhava sozinho para o casamento. E até já havia falado disso com ela, sem entusiasmo, mas igualmente sem barreiras. Estava mesmo resignado a ficar com Paula.

Nenhuma espera dura para sempre.

Mara chegou numa quinta-feira. Foram buscá-la, no aeroporto, Vítor, Ana e Letícia. Foi um encontro emocionante para todos. Mara ficou contentíssima com a aparência de bem-estar e de realização do pai. Vira-o, pela última vez, abatido pela morte da mãe e, embora a sucessão de cartas, de telefonemas e de contatos pela internet mostrasse que ele se recuperava, jamais poderia imaginá-lo tão bem. Chegou a sentir uma pontinha de ciúme ao vê-lo feliz com outra mulher que não fosse sua mãe, mas foi um pequeno deslize de sentimento, que só durou alguns segundos. Logo em seguida, foi aconchegada em abraços e viu como era bom e maternal o abraço de Ana. Vítor era só alegria, rejuvenescido, cheio de projetos e de sonhos. Letícia ganhou um abraço, em que ambas permaneceram, com os olhos marejados – esquecidas, por vários segundos, de que havia outra coisa no mundo que não o bem-querer entre elas. Foi uma chegada alegre, mas com uma pitada de ausências. Mara chegou a falar, como se fosse para si mesma:

– Pensei que seria possível que Francisco viesse...

Francisco não fora. Poderia ter ido. Mas o turbilhão de sensações pelo qual passava não permitiu. Teve medo. Teve vergonha. Teve insegurança. E estava saudoso demais, e amava demais. Era muito sentimento junto a pressioná-lo. Quisera ter ido. Quisera que ela jamais tivesse ido embora. Quisera muito, quisera tudo, quisera nada.

Os quatro alcançaram a ilha já bem tarde da noite. Não conseguiram chegar discretamente. A trilha que se estendia desde o píer até a casa de Vítor e Ana estava iluminada em toda a sua extensão, por uma fila de tochas que podia ser vista de longe. Os amigos, todos, tinham vindo – e se aglomeravam, organizadamente, na área em frente à varanda de entrada. Mara acenava, ruborizada por estar sendo tratada como atriz de cinema, mas feliz com a recepção. A casa estava toda iluminada. Uma canção alegre tocava no aparelho da sala. A ilha estava em festa com a volta de Mara. E pensar que, dois anos antes, Mara chegara a achar, nem ela sabia por qual motivo, que nunca mais voltaria àquele lugar. Nunca é uma promessa complicada de ser cumprida.

Ao pé da escada, a mesma escada em que Mara estivera sentada, desconsolada e triste com a morte da mãe, estava Francisco. Trazia uma expressão que mesclava alegria e ansiedade, expectativa e êxtase. Abraçaram-se longamente, alegremente, e Mara murmurou ao ouvido dele muitas expressões de saudade, de carinho. Francisco também balbuciou algumas coisas. Não conseguia falar direito. Colaram os rostos, embalando-se mutuamente. Durou tanto aquele abraço que Paula teve de interrompê-lo, porque ela também queria cumprimentar a recém-chegada. Paula, aliás, era uma das pessoas mais festivas naquele momento. Tratou Mara como se fosse a irmã que não tinha. Fez todo o possível para deixar bem clara a sua alegria com a volta dela. Francisco, ao lado, ainda embevecido na felicidade do abraço, era grato a Paula pela receptividade, embora, no fundo, sentisse um pequeno estranhamento pela aproximação das duas. Como se fosse o prenúncio de que a divisão dele em dois pedaços, cada um pertencente a uma daquelas mulheres, estivesse sendo eternizada a partir daquele momento.

Vítor mandou servir guloseimas e bebidas. Todos cantaram, dançaram, se divertiram. A sexta-feira seria feriado na ilha.

47. O segredo de Paula

Mara não conseguiu dormir. Além da excitação pelo carinho que recebera, havia uma montanha de sentimentos a dominá-la. Revira Francisco, abraçara-o, mas também observara que ele e Paula estavam unidos, e, portanto, ela teria de engolir esse amor e viver sem realizá-lo. Revira o pai, a quem Ana devolvera a felicidade. Pensou em Ana com uma ternura que até a surpreendeu. Que mulher impressionante era ela! Quem imaginaria que aquela modesta senhora, tão triste, se transformaria nessa mulher que enchia de orgulho os familiares! Pensou em cada rosto que vira sob a luz das tochas enquanto chegava e, em sua mente, passava e repassava o filme da sua vida naquele local. Pensou na mãe, a quem encaminhava todas as suas preces, a cada dia. E, novamente, pensou em Francisco, agora, com uma angústia surda que magoava o coração. Não conseguiu dormir. Estava ansiosa por ver tudo quanto havia para ver. Ao primeiro levantar da cortina da manhã, pulou da cama. Colocou uma roupa folgada, calçou tênis e desceu para o café. A empregada, Cidinha, não passava de uma meninota de 16 anos quando Mara viajou. Estava, agora, uma moça bonita e desembaraçada, que não se cansava de perguntar da Espanha, da viagem, da faculdade, dos rapazes. Mara respondia a tudo com prazer, satisfazendo a curiosidade de Cidinha. Tomou café e saiu para uma caminhada, aproveitando o momento em que todos dormiam e, assim, em que poderia estar a sós com seus pensamentos. Tinha certeza de que, quando a vila despertasse, haveria tanta atividade, tanta gente com quem conversar, que não conseguiria colocar em ordem todos os sentimentos que fervilhavam dentro dela.

Paula não conseguiu dormir. Saiu da pousada muito cedo, para respirar a brisa marinha. Tinha sido uma noite cheia de emoções e sentia-se cansada. Assim que desceu a escada, pôde ver Mara ao longe, saindo de casa, com ar de quem sai para um passeio, sem destino e sem compromisso. Subiu depressa para o quarto, para apanhar algo. Voltou logo e apressou o passo, para alcançar Mara. Era uma ótima oportunidade para estabelecer contato mais íntimo, para conversar com ela, para aproximar-se. Alcançou-a em seguida e, logo, estavam caminhando, sossegadamente, pelo bosque. Paula ia contando todas as novidades da ilha, os avanços de Francisco, as novas instalações do centro cultural, as sessões de cinema, as excursões. Pareciam irmãs. Devagar, parando para ver os pássaros e as flores, foram em direção à clareira.

Letícia não conseguiu dormir. Como psicóloga, tinha por hábito observar atitudes e comportamentos. Divertia-se no meio de gente. Durante a festa, pudera ver como as pessoas se sentiam felizes. Era uma ilha bem melhor, essa em que viviam agora. A família da querida Mara estava reunida, e uma nova etapa de vida estava para começar. Fernando, ao seu lado, na cama, tentava dormir, mas ela estava agitada e queria conversar. Acabaram levantando-se muito cedo, porque Letícia também tinha algo que queria conversar com Mara. Ela e Fernando se vestiram, tomaram café e seguiram para a casa de Vítor e Ana. Ao chegarem, Cidinha informou que ela havia saído para um passeio no bosque. "Melhor", pensou Letícia. "Temos chance de conversar com calma." E saíram para a mata.

Francisco não conseguiu dormir. Mara estava no quarto ao lado, e essa proximidade era, simultaneamente, penosa e prazerosa. Passou muito tempo olhando, pela janela, as evoluções celestes. Viu como as estrelas se destacavam no feltro negro da noite, cabriolando como crianças ao redor da lua, gorda e vistosa, tal qual uma senhora que cuidasse de seus filhos a brincar. Viu como o brilho das estrelas foi esmaecendo devagar, enquanto um invisível pintor transformava o fundo do céu em um azul tímido que, aos poucos, ia se tornando mais denso e mais límpido. Viu como, em breve, desapareciam, uma a uma, as estrelas, ofuscadas por um brilho maior que surgia, um senhor sol redondo e poderoso, emergindo do horizonte e impondo a sua celestial presença. Francisco ouviu quando Mara se levantou e saiu ao corredor. Aguardou um pouco, mal se contendo em sua ansiedade, e desceu, também, para o café, sonhando estar com a amada, logo pela manhã, e ser a primeira pessoa que ela veria. Mas foi informado de que Mara saíra para um passeio no bosque. Hesitou, primeiramente; talvez, devesse deixar que Mara aproveitasse um momento de paz em sua ilha querida. A ânsia de estar com ela, porém, falou mais alto, e ele saiu para procurá-la. Seu destino natural era a clareira, e foi para lá que se encaminhou. Não demorou dez minutos e topou com Letícia e com Fernando. Lamentando, intimamente, que não pudesse ficar sozinho com Mara, juntou-se ao casal e seguiram conversando.

Ao chegarem à orla da clareira, viram Paula e Mara, à beira do penhasco, observando o mar, que desenhava uma massa verde contra o fundo de azul líquido e brilhante do céu. Francisco ia gritar, para chamar as duas, mas Letícia fez sinal de que esperasse, como quem sabe de algo, mas acha que não é hora de revelar. E ficaram, semiocultos pelo arvoredo, observando as duas.

Nisso, Paula deu três passos rápidos para trás, distanciando-se de Mara, e tirou algo do bolso do agasalho. Era um revólver. Mara se voltou, atônita, estática, sem entender o que acontecia.

A fisionomia de Paula alterou-se, irreconhecível. Mostrava um rancor indisfarçável. Mostrava ódio. Apontou a arma e berrou:

— Que cara de santinha assustada é essa?! Sabe que vai morrer, né?

— O quê?!... — balbuciou Mara. — Por quê? O que está acontecendo?

— O que está acontecendo?! Você vai me tomar o Francisco! Não vai mesmo! Pensa que vai chegando e ocupando o lugar que é meu?

— Paula, eu nunca pretendi interferir no namoro de vocês. Ele gosta de você!

— Não pretendeu, né? E aquele abraço de ontem à noite? O que foi aquilo?

Mara não conseguia nem responder. Tudo parecia de tal maneira irreal que ela ficou imobilizada.

Paula continuou com o revólver apontado. Suas mãos tremiam, quando declarou:

— Eu descobri que amo o Francisco. E descobri há pouco tempo. No começo, foi só por causa do mapa que eu me aproximei. Mas agora...

— Que mapa? — conseguiu perguntar Mara.

Francisco fez menção de correr para interferir, mas a mão forte de Fernando o impediu. O tenente fez um sinal de silêncio, colocando o indicador sobre os lábios. Estavam longe demais para conseguir surpreender Paula em tempo de desarmá-la.

Paula, sem notar nenhuma outra presença, continuou:

— Eu me aproximei do Francisco para conseguir que ele me desse o mapa do navio espanhol naufragado.

— Que navio? — perguntou Mara, amedrontada.

— O navio com o tesouro, sua burra! Você cansou de ver o mapa gravado na canoa! Vai dizer que nunca entendeu o que significava?!

— Eu pensei... eu não sabia...

— Cale a boca! Francisco nem sabe que aquilo é um mapa, mas vai acabar descobrindo. Por isso, eu me aproximei, porque o pai dele fez dois mapas, e um completa o outro. Um está na canoa; o outro, naquela rocha ali. Mas não consegui decifrar ainda.

— O pai dele? O pai do Francisco achou um tesouro?

— Achou! Achou e contou para o meu pai. Disse que só queria uma recompensa por ter achado e que já seria o suficiente para dar uma vida boa ao Francisco e à mãe dele. Coisa de pobre, mesmo! Quem nasceu para pescador não chega a mais nada. Mereceu morrer.

— Morto?! O pai do Francisco morreu?

— Morreu, sim, sua bruxa! Morreu atrás de onde você está. Meu pai empurrou o pai do Francisco, e o corpo dele caiu numa gruta, lá embaixo.

— Meu Deus!

— Era para a sua mãe cair no mesmo lugar quando a empurrei. Infelizmente, ela ficou presa na plataforma de pedra aí embaixo. Então, tive que voltar para a vila e fazer um teatrinho para os caipiras.

Mara ficou petrificada. Tantas revelações malignas de uma só vez lhe tiraram a fala.

Paula parecia ter um prazer fúnebre ao fazer as revelações:

— Sua mãe era muito espertinha. Estava montando as peças do quebra-cabeça e, mais dia, menos dia, ia acabar descobrindo o envolvimento do meu pai na morte do pescador. Eu tinha que fazer alguma coisa. Aliás, dei muita sorte: ela passou mal, teve uma tontura aqui, na beira do penhasco. Nem precisei fazer força para empurrar sua mãe para baixo.

Na fímbria da mata, Francisco estava estarrecido com o que ouvia. E agoniado. Começou a se mover, lentamente, sem fazer barulho, para se posicionar melhor.

Divertindo-se com o pavor de Mara, Paula embriagava-se, contando tudo.

— Joaquim Vilaça era um ingênuo. Achou um tesouro e foi pedir para o meu pai providenciar o resgate. Em vez de ficar quieto, de pegar tudo para si, o idiota quis entregar ao governo! Mania de honesto. Meu pai veio até aqui com ele, aqui mesmo, onde você está. Contou dos dois mapas que fez, mas só falou deste que está na rocha; o outro, eu descobri por acaso, na canoa do Francisco. Mas alguma coisa no olhar do meu pai espantou o Joaquim. Ah! O pescador era esperto, valentão! Mas o meu pai também era. Deu umas duas porradas nele e atirou a besta lá embaixo. Mas, aí, ficou sem saber onde estava o mapa! O remédio foi esperar. Planejamos: eu conquistaria o filho do Joaquim Vilaça e, com a convivência, encontraria as respostas de que precisávamos. Ao mesmo tempo, o meu irmão, Filipe, amarraria você no cabresto direitinho.

— Filipe? Filipe é seu irmão?!

— É, sua idiota! Eu estava lá, no museu, no dia em que ele fingiu que não tinha visto você, mas estava acompanhando todos os seus passos. Ele até fingiu bem. Você achava que ele era requintado. Burra! Aliás, ele é um imbecil também. Devia ter caprichado mais na conquista. Se ele tivesse se casado com você, a gente nem precisaria te matar agora...

Paula deu uma pausa e achou que era interessante explicar o plano.

— A ideia era afastar você do Francisco, porque eram grudados demais, e isso ia acabar atrapalhando a minha investigação. Mas, aí, o Filipe se sentiu pressionado pela impaciência do meu pai e enfiou os pés pelas mãos, invadindo a casa do Francisco para ver se achava uma pista qualquer. Pura burrice! Eu frequentava a casa e nunca descobri nada, mas ele achou que pudesse encontrar... O caminho não era esse. Com paciência, a gente ia acabar conseguindo as informações. Uma das coisas que fiz foi iniciar uma amizade com a dona Rosa, porque a lenda que ela conta, sobre o nome da ilha, é precisamente a comprovação de que a história do navio é verdadeira. Agora, depois de atirar na sua cara e de jogar você lá embaixo, vou inventar um acidente, para dar um jeito na bisbilhoteira da Letícia.

A frase assustou Letícia, que deu um passinho para trás e acabou pisando num graveto. Paula ouviu o estalo do graveto quebrando. Virou-se, imediatamente, para o bosque e, no reflexo, atirou. O estampido encheu a clareira e foi ecoando pela ribanceira, como uma onda de som que derramava no mar, lá embaixo. A bala se perdeu na mata, sem atingir ninguém.

Era o momento de distração de que Francisco precisava. Já estava bem próximo, pronto para saltar, como um felino. Enquanto se jogava sobre Paula, gritou:

– Deita no chão, Mara!

O que se seguiu foi uma luta desigual. Francisco estava cego pela ira. Agarrou Paula com toda a raiva que guardara a vida inteira, pela orfandade a que fora obrigado, pela morte infame da fada madrinha Valquíria, pela iminência da morte da mulher amada. Conseguiu montar em Paula, pisando na mão com a qual ela segurava o revólver, enquanto a estrangulava com toda a força. Teria esmagado a traqueia da moça se Fernando não tivesse chegado a tempo de impedi-lo. A boa índole de Francisco salvou a vida de Paula: bastou que Fernando lhe colocasse a mão no ombro, pedindo calma, para ele afrouxar o aperto e correr até Mara.

Deitada de bruços, bem na beira do penhasco, Mara estava lívida, frágil, desolada. As revelações tinham sido demais para ela.

Amarrada com o próprio agasalho, Paula ia sendo levada por Fernando. Este, como jamais saía sem o radiocomunicador, já havia mandado a equipe de terra fazer contato com a polícia.

Por essa altura, Jofre, o pai, e Filipe, o irmão, estavam sendo presos, no continente.

Letícia seguia, aliviada, logo atrás. Estavam, enfim, confirmadas todas as suas suspeitas. Não era por acaso que fizera Fernando acompanhá-la até a casa de Vítor. Tinha levantado muitas evidências de que um crime estava para ser cometido por Paula. Mas precisava de provas, porque ninguém teria acreditado que aquela mulher tão agradável, tão brincalhona, pudesse ser capaz disso. E, menos ainda, que fosse capaz de matar Valquíria, como acabara de confessar.

Fechando a comitiva, vinham abraçados, livres, enfim, Mara e Francisco. A despeito de todas as comoções causadas pelas revelações de Paula, estavam felizes. Tinham recebido autorização terrestre e celestial, ao mesmo tempo, para ficarem juntos, para celebrarem o amor. Era a bonança que se seguia à tempestade. O mar, bravio demais, dava tréguas, e um velejar sereno se divisava desde longe.

48. O segredo da rocha

A sexta-feira foi ocupada com a burocracia do inquérito policial. Depoimentos, investigações, entrega de provas. A equipe da Polícia Técnica da capital resgatou os ossos de Joaquim Vilaça, o pescador tido por fugitivo durante tanto tempo, mas que, na realidade, fora assassinado. Essa descoberta também serviu para tirar de Francisco um peso sobre a identidade e sobre o caráter do pai. Ana emocionou-se ao saber da história de Joaquim e ao recordar-se do quanto o condenara sem que ele tivesse culpa.

Ao voltar do seu depoimento, Mara tomou o cuidado de pegar o *chip* da máquina de Valquíria, que Francisco guardara com todo o cuidado. Colocado na máquina que trouxera de Madri, foi possível ver as imagens que estavam gravadas na memória. A última foto mostrava a grande rocha da clareira no centro. Valquíria estava do lado esquerdo, com ar sorridente e despreocupado, tendo, atrás de si, o mar, lá embaixo. Do lado esquerdo da foto, apenas a raiz do que fora um grande jatobá.

Vista assim, a imagem não dizia muito. Foi Vítor quem decifrou o enigma, depois de comparar a foto com o desenho gravado na canoa. O ponto de referência de Joaquim, ao gravar o mapa na pedra, era a árvore, que funcionava como o norte da bússola. Mas ninguém contava que o incêndio ocasionado por Filipe e por sua turma queimasse tanto a árvore que forçaria a sua derrubada. Por isso, a imagem na foto, sem a árvore, não revelava nada. Simulando que a árvore estivesse ali, por meio de um desenho em computador, Vítor pôde fazer os cálculos. E verificou o ponto-chave mostrado pelo triângulo, no mapa da canoa e no mapa da rocha. Nesse ponto-chave, estaria o navio.

49. Mara e Francisco

Foi somente no domingo que as coisas se acalmaram na ilha. A comovente história de Joaquim Vilaça, o homem que, durante dezoito anos, fora dado por fugitivo e que, agora se sabia, tinha sido assassinado para não revelar suas descobertas, foi o assunto geral. Dona Rosa já estava trabalhando, mentalmente, para transformar a saga do pescador em uma belíssima peça de teatro, a ser encenada no centro cultural.

Letícia rejubilava-se, também, pelo fato de que o esclarecimento de todas as trapaças levara à aproximação amorosa de Mara e Francisco. Ela, que acompanhara todo o sofrimento de ambos, sentia-se recompensada por ter podido ajudar na aproximação dos dois.

Josefa sonhava pleitear a implantação de uma escola na ilha, que oferecesse o ensino fundamental completo e algumas classes do ensino médio. Conhecia os trâmites, sabia a quem procurar e tinha todos os argumentos. Já podia imaginar a escola atuando em integração com o centro cultural.

Marina e Carla, inseparáveis, tinham acabado de optar pela oceanografia como área de especialização. Faziam questão de participar do projeto turístico – sabiam que a pesquisa biológica, na carona do turismo, daria um salto de qualidade.

Uma sessão especial de cinema foi convocada para o domingo à noite. Era mais uma oportunidade para que as pessoas se reunissem, para que estivessem juntas, para que desfrutassem a alegria de estar em harmonia, depois de tantas desventuras e de tantos desencontros. O pretexto que Josefa encontrou foi prestar uma homenagem a quem mais sofrera com os acontecimentos nefastos. Essa pessoa era Ana, condenada a esperar por alguém que jamais voltaria, sentenciada a sofrer por um abandono involuntário.

Enquanto o filme era exibido, lá no fundo da sala, em pé, Mara e Francisco se abraçavam. Ela recostou a cabeça no peito dele, enlaçando-o pela cintura. Levantou o olhar, procurando o dele, enquanto Francisco abaixava ligeiramente o rosto. Levemente, timidamente, suas bocas se encontraram e seus lábios experimentaram, reciprocamente, a maciez, a umidade. Suas línguas se tocaram, provando o sabor uma da outra. O beijo aprofundou-se e o abraço fez-se completo. Parecia que os aplausos se destinavam a celebrar aquele amor.

Para quem não tem ido à ilha, saiba que o Cine da Gentil Aliança ainda existe e que exibe filmes amorosos e cheios de exemplos de gentileza, em três sessões: aos sábados à noite, para os adultos; aos sábados à tarde, para os pais, desde que acompanhados dos filhos (porque, nesses dias, os filhos é que têm de se responsabilizar por eles); e às quartas-feiras, às 5 horas da tarde, para as crianças carentes, que não podem pagar. Mas que, nem por isso, devem ser proibidas de sonhar.

50. A Ilha da Aliança

Fazia parte da última etapa de um processo aberto pelo Ministério da Marinha: levar um objeto qualquer que provasse a existência do navio na localização indicada pelo mapa rudimentar preparado por Joaquim Vilaça. E, novamente, o espírito de coletividade dos habitantes da ilha manifestou-se.

Já que não era uma missão oficial, Fernando não considerava correto usar o barco da Guarda Costeira. Portanto, pediu emprestada a velha canoa de Francisco. Equipou-se com cilindros de oxigênio e com máscara de mergulho. E seguiu para o ponto indicado no mapa. Contudo, o assunto interessava, de perto, a todos os habitantes da ilha. Por isso, atrás dele, foram enfileirando-se canoas, barcos, traineiras, catamarãs e até um velho rebocador. Usando cordas, amarraram-se uns aos outros, formando elos, desde o atracadouro até o ponto em que Fernando ancorou a canoa para mergulhar. Quem sabe, voltaria triunfante, como voltara Apoena, lá do fundo, trazendo uma linda caixinha de joias. Ou talvez, quem sabe, nenhuma joia, nenhum tesouro, houvesse dentro do mar. Tudo podia não passar de lenda e de ambição. A ganância, a vaidade e o ódio são capazes de deixar as pessoas estúpidas. O verdadeiro tesouro estava ali, na aliança daqueles pescadores, na aliança daquela gente simples que não tinha temor nem preguiça de dar as mãos.

Mara e Francisco, na beira do despenhadeiro, ao lado da rocha onde estava gravado o mapa do tesouro, acompanhavam a corrente de barcos, com um sorriso emocionado. Estavam abraçados. Na mão direita de cada um, reluzia uma aliança. Tinham, enfim, acertado que se casariam na véspera de Natal.

Como diz o escritor, é preciso sair da ilha para ver a ilha. Por isso, vamos imaginar que estamos vendo a cena pelas lentes de uma câmera de cinema. Essa câmera está montada em cima de uma grua gigantesca. A imagem afasta-se, mostrando todo o conjunto da ilha, o mar em torno e a corrente de barcos.

Vista lá do alto do penhasco, a ilha era um pedaço de terra, cercada de água salgada por todos os lados. Mas não era um pedaço de terra qualquer. Não. Era a Ilha da Aliança, um espaço privilegiado pela generosidade da natureza e pela gentileza das pessoas.

Francisco e Mara beijam-se mais uma vez, emoldurados por um arco-íris que surge no horizonte, como um presente dos céus. Ele sorri. Ela se cala. Não é preciso dizer nada. Não há mais nada para dizer.

FIM

Este livro foi composto em Bembo
para a Editora Planeta do Brasil
em setembro de 2011.